L'ALGERIEN

OU LES
MUSES COMEDIENNES,

COMEDIE-BALLET.

En trois Actes & en Vers.

Précédée d'un Prologue.

Repréfentée fur le Théatre de la Comédie
Françoife le 14 Septembre 1744, à l'occafion
de la Convalefcence du Roi.

Par Mr. DE CAHUSAC.

Le prix eft de 30 fols.

A PARIS,

Chez PRAULT Fils, Quai de Conti, vis-à-vis la
defcente du Pont-Neuf, à la Charité.

M. DCC. XLIV.

AVEC PERMISSION.

ACTEURS DU PROLOGUE.

APOLLON,	M. Grandval.
MELPOMENE,	Mlle. Dumesnil.
THALIE,	Mlle. Gauffin.
CLIO,	Mlle Grandval.
URANIE,	Mlle. Dangeville.
LA SATIRE,	M. Sarrazin.
ERATO,	
EUTERPE,	
CALLIOPE,	Mlle. Clairon.
POLIMNIE,	Mlle. Gautier.
LES ARTS & LES TALENS,	
LA RENOMME'E,	

L'ALGERIEN
OU LES
MUSES COMEDIENNES
COMEDIE-BALLET.
En trois Actes & en Vers.

PROLOGUE.

Le Théatre représente un Salon du Louvre, orné de tous les dif-
férens attributs des Arts. Les Muses qui sont en Scene sont
assises, & paroissent occupées aux Arts ausquels elles prési-
dent, il y a des places vuides pour celles qui doivent arriver.
Apollon est assis sur un espece de Trône.

SCENE PREMIERE.
APOLLON, CLIO, URANIE,
Une Muse représentant la Satire.
LA SATIRE.

'Etouffe. Oh ! C'en est trop...

APOLLON.

Quoi toujours des murmures!

A ij

LA SATIRE.

Eh ! Comment ne pas murmurer ?
Tout contre moi semble se déclarer,
On me fait chaque jour de nouvelles injures. ....
Quoiqu'il arrive, il faut que ma sincérité
Soulage mon cœur irrité.

APOLLON.

A ces noires vapeurs on connoît la Satire.

LA SATIRE.

Il ne m'est plus permis de parler ni d'écrire,
Et tout trahit la vérité.

APOLLON.

N'abusez plus de ce nom respecté.
La vérité sans vous voit fleurir son empire.
Confondrez-vous toujours sa douceur, sa beauté,
Son aimable ingénuité
Avec la fureur de médire.

LA SATIRE.

L'erreur est de votre côté.
De vices, de travers, le monde est infecté,
Et médire est être sincere.

URANIE.

Et voilà les discours d'un esprit emporté,
Moins ami de la probité,

Qu'esclave des transports d'une aveugle colere.
Car enfin quels objets peuvent tant vous déplaire ?

LA SATIRE.

Tout.

URANIE.

Comment tout ?

LA SATIRE.

Qui dit tout n'exclud rien.

CLIO.

Oh bon ! C'est comme à l'ordinaire ;
Puisque tout lui déplaît, sans doute tout va bien.

LA SATIRE.

En effet l'ennui qui nous ronge
Est un bonheur extrême & qui doit nous flatter.

APOLLON.

L'ennui donne ses traits à celui qui s'y plonge,
Il est le mal des Sots, l'esprit sçait l'éviter.
Finissons, & tâchez de calmer votre bile.

LA SATIRE.

Non, je ne saurois voir avec un cœur tranquile
Les malheurs qui sur nous fondent de toutes parts,
Vous nous fîtes jadis abandonner la Grece,
Rome avec nous reçut les Talens & les Arts

A iij

Ils y fructifioient fous les yeux des Céfars,
A la Cour, à la Ville on nous fêtoit fans celle ;
    Mais notre gloire enfin déchût :
    L'ignorance & la barbarie
    Nous chaflèrent de l'Italie.

Louis en France alors comme un Aftre parut,
Nous vîmes à la hâte aux cris de ce grand homme,
Colbert nous accueillit, le Roi nous fecourut ;
Nous étions à Paris encore mieux qu'à Rome.
Maintenant, s'il vous plaît, où nous conduirez-vous?
Quand partons-nous ? Parlez ?

U R A N I E.

    Pourquoi cette folie ?
    Des Arts la France eft la Patrie ;
Dans Athenes ils n'ont point joüi d'un fort plus doux

L A   S A T I R E.

Cette réponfe eft jufte, on doit vous la permettre
Vous êtes à la mode, on vous chérit encor,
Pour tous vos Nourriffons, votre Art eft un tréfor,
    Chaque Femme a fon Géometre,
    Et c'eft pour eux le Siécle d'or:
Tout le refte abatu n'ofe fe faire entendre,
Craint, haï, fans fecours, & comme fans aveu.

A P O L L O N *d'un ton chagrin.*

C'eft qu'on nous prend pour vous. . . .

LA SATIRE

Eh ! Peut-on s'y méprendre !
J'ai de l'esprit au moins. . .

APOLLON.

Mais entre nous fort peu.
Et dans le fonds qu'en avez vous affaire ?
Lorsqu'on se permet tout il n'est plus nécessaire,
Dans votre Art odieux le Sot même a beau jeu.
Ce Siécle est éclairé, puisqu'il faut vous le dire,
On craint sans l'estimer le talent de médire,
Il a mille dangers, & n'est plus glorieux.

LA SATIRE.

Si le Siécle étoit vertueux
Il ne craindroit pas la Satire. . . .

CLIO.

Vous perdez dans les airs les traits que vous lancez
Contre le Siecle heureux que j'ajoute à l'histoire.
Il égale en vertus tous les Siécles passés
Sans avoir leurs erreurs, il a toute leur gloire.

SCENE II.

APOLLON, URANIE, CLIO, LA SATIRE,
LA RENOMME'E, CALLIOPE, POLIMNIE,
EUTERPE', ERATO.

Les Muses qui font en Scene se levent, & avancent vers
la Renommée. Après les deux premiers Vers,
la Satire va se raffeoir.

LA RENOMME'E.

DOctes Sœurs écoutez... LOUIS aux Champs
　　　de Mars
Fait revivre en lui seul les Héros de sa race :
Il vole en Conquérant au milieu des Hazards,
　　　　De ses Ennemis qu'il terraffe,
　　　　Il a foudroyé les Remparts.
CLERMONT le suit... CONDE' n'étoit pas plus
　　　terrible.
La foudre est dans ses mains, la mort dans ses regards ;
Tout fuit devant LOUIS, tout lui devient possible :
La Victoire enchaînée à son bras invincible
　　　　Ne suit plus que ses Etendarts.

APOLLON.

Nous avons du prévoir les lauriers qu'il moiffonne,
　　　　Tout nous annonçoit ses exploits ;
Grand dans sa Cour, grand aux Champs de
Bellone,

LOUIS fera toujours le modele des Rois.

LA RENOMMÉE.

Dans les Alpes CONTI s'eft ouvert un paffage,
Mont Dauphin & Démond fe livrent au Vainqueur;
La prudence prépare & guide fon ardeur,
Des deux Rivaux fameux de Rome & de Carthage
      Il raffemble au printems de l'âge
      L'art, la fageffe & la valeur.

CLIO.

De ce jeune Guerrier nous devons tout attendre
      Par l'aurore de fes travaux,
Jugez du jour brillant qu'ils vont bientôt répandre.

APOLLON.

Ces fuccès éclatans doivent peu nous furprendre :
L'exemple des grands Rois fait toujours des Héros.

CALLIOPE.

Mon cœur eft tranfporté de ce qu'il vient d'entendre,
     En enthoufiafme.
     Vous dont le génie & la voix
Des ravages du tems font triompher la gloire,
Dès vertus de LOUIS, de fes brillans exploits
Hâtez-vous d'embellir le Temple de Mémoire.
Il regne fur les cœurs que fon bras a foumis,
Il répand fur fes jours une gloire immortelle,
     Il eft l'effroi de tous fes ennemis,
     Et l'amour d'un Peuple fidelle.

SCENE III.

MELPOMENE, CLIO, TERPSICORE
APOLLON.

MELPOMENE.

Mes Sœurs. . . Ah ! Juste Ciel ! Quelle affreuse
nouvelle !

CLIO.

Que nous veut Melpomene en pleurs ?

TERPSICORE.

C'est le ton qu'elle prend pour paroître plus belle.

MELPOMENE.

Apollon apprenez le plus grand des malheurs. . .
C'en est fait. . . Je succombe à ma douleur mortelle.

APOLLON.

Ah ! Parlez. Dissipez, ou comblez nos terreurs.

MELPOMENE.

Tout est perdu. . . . Ce Roi l'objet de notre zele,
Le protecteur des Arts, l'ami de ses Sujets,

Intrépide au Combat , jufte pendant la Paix ,
Que la France adoroit , qui s'immoloit pour elle........

APOLLON.

Achevez. Aurions-nous à craindre pour fes jours ?

MELPOMENE.

Le barbare Ennemi qui le force à la guerre ,
Croyant de fes exploits interrompre le cours,
Du fang de fes Sujets avoit rougi la terre.
Hélas ! Ce tendre Roi voloit à leur fecours ;
Déja l'Ennemi tremble, il fe trouble , il s'arrête ;
La vengeance en éclats va fondre fur fa tête. . .
Tout à coup fur LOUIS le deftin en courroux. ..
Mes pleurs & mes foupirs difent affez le refte.

APOLLON.

Jufte Ciel ne frappe que nous.

MELPOMENE.

Il expire peut-être en ce moment funefte :
La France perd un pere , & l'Empire un vengeur.

APOLLON confterné.

Ciel, nous n'attendons plus que des jours de douleur ;
C'eft un Peuple foumis que ton courroux foudroye ?
Il ne voyoit en lui qu'un tendre Bienfaicteur.

SCENE IV,

THALIE, APOLLON, MELPOMENE
CLIO, LA RENOMME'E , LA SATIRE ,
URANIE.

THALIE.

DIssipez les terreurs dont votre ame eft la proye ;
Le péril eft paffé , le Ciel nous rend LOUIS :
Livrons nos cœurs à la plus vive joye ;
Les pleurs ne font plus faits que pour fes ennemis,

APOLLON.

Thalie ! .. Ah ! Quel bonheur ! .. Hâtez-vous de
nous dire ? . .

MELPOMENE.

Le Ciel nous le rendroit ! .. Eh ! peut-on l'efpérer ? . .

THALIE.

A vos triftes regrets ceffez de vous livrer.

MELPOMENE.

Ah ! Thalie ! .. Il vivroit ! . .

THALIE.

Grace aux Dieux il refpire,

CLIO.

Mais comment favez-vous ce changement heureux ?

THALIE.

Dans les yeux des François qui craindroient moins
pour eux ,
Il m'étoit aifé de le lire.
Nous le verrons bientôt arriver dans ces lieux,

MELPOMENE.

Eh ! le moyen de vous en croire.

THALIE.

D'un Peuple qui l'adore , il va combler les vœux ;
J'en fuis fûre. J'ai vu la gloire.

LA RENOMME'E.

Je vole à l'Univers annoncer ce bonheur.

THALIE.

Non demeurez. Vous m'êtes néceffaire.

En rêvant.

Par un fpectacle à fon honneur . . . ;
Le projet eft hardi ; mais il eft féducteur. . . .
N'importe. A ce Héros mon deffein pourra plaire....

LA SATIRE *ironiquement.*

Sans doute. Le deffein eft un peu téméraire ;
     Mais pour fignaler votre ardeur...

THALIE.

     Je m'attendois à ce propos moqueur ;
Je fai que votre ton injufte, atrabilaire,
     Marqué toujours au coin de la colere,
Retarde les progrès, infpire la terreur;
Vous ne corrigez point. Votre art eft de déplaire.

APOLLON.

Tout eft pour fon chagrin une vafte matiere
     De fiel, de critique, & d'aigreur.

THALIE *piquée.*

L'orgueil n'a point de part à ce projet flateur,
Pour ce Roi bienfaifant c'eft un zele fincere.
Il eft comme les Dieux, tout ce qui part du cœur
     A le droit de le fatisfaire.

CLIO.

Nous vous feconderons.

URANIE.

     Courons tout préparer.

MELPOMENE.

Un même zele & m'anime & m'inspire;
Mes spectacles pompeux que l'Univers admire,
Plus dignes d'un Héros. . . .

THALIE.

Cessez de l'espérer:
Votre talent est de faire pleurer,
Et le mien est de faire rire,
La joye anime l'air que la France respire,
Dans ces jours de bonheur on doit me préférer.
Mais vous n'y perdrez rien. Je vous destine un Rolle
Qui vous conviendra fort, il est taillé pour vous.

MELPOMENE.

Mais je le jouerai mal.

THALIE.

Fort bien sur ma parole.

MELPOMENE.

Eh! quel est-il?

THALIE.

C'est un rolle de folle;
Vous allez nous effacer tous.

MELPOMENE.

Moi jouer une folle ! . . . . En vérité Thalie. . . .
Mon état. . . . ma grandeur. . . .

THALIE.

J'ai tout fait pour le mieux,
Croyez-moi , le grand sérieux
N'est qu'une espece de folie.

APOLLON.

Aurai-je un rolle aussi ? Car je brule d'envie. . .

THALIE.

Il est tout prêt.

URANIE, CLIO , LA RENOMME'E , &c.

Et moi ?

THALIE.

Chacune aura le sien.

LA SATIRE.

Pour moi je n'en veux point.

THALIE.

Ah! Muse je vous prie.
Je veux faire pour vous un effort de génie.

Je

Je vais vous transformer en un homme de bien.

LA SATIRE.

Je ne me prête point à cette fantaisie.

THALIE.

Cela ne vous éngage à rien ;
C'est un rolle de Comédie.

Allez vous préparer , secondez mon ardeur.

Apollon & les autres sortent.

SCENE V.

THALIE, POLIMNIE, CALLIOPE,
ERATO, EUTERPE.

THALIE.

Vous restez , tendre Polimnie ;
Le Ciel nous rend un Roi qui fait notre bonheur.
Que vos chants , que les sons d'une aimable harmo-
nie
Célebrent dans ces lieux cette insigne faveur.

*On entend un bruit confus d'Instrumens semblable à celui
d'un Orchestre qui accorde.*

B

PREMIER INTERMEDE.

POLIMNIE.

TEndres Accords', enfans de mon génie
Rempliſſez la Terre & les Airs.

Une Simphonie harmonieuſe ſe fait entendre.

CALLIOPE.

Arts & Talens qui nous devez la vie ;
Volez, venez mêler vos jeux à nos concerts.

Entrée des Arts & des Talens.

POLIMNIE, CALLIOPE.

Dieux immortels nos ſoupirs & nos larmes
Ont détourné vos foudres menaçans ;
Pour voir brûler ſans ceſſe notre encens,
Vous n'avez pas beſoin de nouvelles allarmes.
N'éprouvez plus des cœurs reconnoiſſans.

On danſe.

LE CHEF DES ARTS.

Au milieu des horreurs d'une guerre mortelle
Les Arts jouiſſent de la Paix.

LE CHEF DES TALENS.

En vain la Difcorde cruelle
Répand dans l'Univers la crainte & les forfaits ;
L'Egide de LOUIS nous couvre de fes traits.

POLIMNIE, CALLIOPE, LES DEUX CHEFS, ET LE CHŒUR DES ARTS ET DES TALENS.

Redoublons notre zele,
Publions à jamais
Sa gloire & fes bienfaits

L'Intermede finit par une Contredanfe : les Arts, les Talens & les quatre Mufes danfent enfemble, & fe retirent pour faire place aux Acteurs qui commencent la Comédie.

ACTEURS DE LA COMEDIE.

HASSAN, riche Algérien, repréfenté par la Mufe de la SATIRE.

CLARICE, jeune Françoife, repréfentée par THALIE.

DORISE, Tante de Clarice, repréfentée par MELPOMÈNE.

ISABELLE, jeune Françoife, repréfentée par CLIO.

AXELIE, jeune Efclave Turque, repréfentée par URANIE.

D'OBERVAL, jeune François, ami d'Haffan, repréfenté par APOLLON.

OSMIN, François, Efclave d'Haffan, repréfenté par la RENOMME'E.

Suite d'ESCLAVES.

L'ALGERIEN,
OU LES
MUSES COMEDIENNES
COMEDIE-BALLET.
En trois Actes & en Vers.

❖❖❖❖❖❖❖❖❖❖❖❖❖❖❖❖❖❖❖❖❖❖

ACTE PREMIER.

Le Théatre représente les Jardins d'un Harem, ou Serrail d'Alger. Dans l'enfoncement est un Bâtiment d'une forme réguliere.

SCENE PREMIERE.
CLARICE, ISABELLE.

ISABELLE.

BELLE Clarice enfin vous déciderez-vous ?
Un peu plus de gaité dans vos regards éclate.
Le sort d'Hassan deviendra-t'il plus doux ?

A fon égard ceffez-vous d'être ingrate?

CLARICE.

Chere Ifabelle, Haffan attaque en vain mon cœur;
Mais malgré mon indifférence,
Je fais qu'il eft mon bienfaicteur,
Et j'écoute avec complaifance
L'amitié, la reconnoiffance
Qui me parlent en fa faveur.
Ses fentimens pour moi peuvent feuls me déplaire.

ISABELLE.

Ils auroient dû vous paroître odieux,
Si le fort pour vous trop contraire
Vous eût livré aux loix d'un Maître impérieux;
Mais graces au deftin l'honneur le plus févere
N'a point à rougir en ces lieux.
Haffan dans fon Serrail s'eft montré comme un pere
Compatiffant & généreux,
Et chaque jour fon amitié fincere
Raffemble ici les plaifirs & les jeux.

CLARICE.

Les plaifirs les plus vifs perdent le don de plaire,
Lorfque le cœur n'a plus de goût pour eux.

ISABELLE.

Haffan en fa faveur a bien des avantages;

Ils vaincront votre cruauté:
Vous le favez, des Turcs il brave les ufages,
L'orgueil dans fon Pays ne l'a point arrêté.
En Europe fes longs voyages
Ont adouci fes mœurs, poli fa probité,
Que le féjour d'Alger eut pu rendre fauvages;
Il n'a du Mufulman que la fimplicité ;
Il s'eft défait de fa fombre rudeffe,
Il a fçu du François faifir l'urbanité,
La gaité, la délicateffe,
Et n'a point fa folie & fa légéreté.
Sa figure, il eft vrai, n'eft rien moins qu'agréable.

CLARICE.

Par ce défaut léger peut-on être arrêté ?
Un homme eft toujours bien dès qu'il eft eftimable.
Les qualités du cœur, un efprit fociable,
De ce fexe font la beauté.
Je les vois dans Haffan, & je lui rends juftice ;
S'il la rendoit à vos attraits,
S'il vous offroit des vœux qu'il m'offre par caprice,
Nous ferions tous trois fatisfaits.

ISABELLE.

Je l'avouë avec confiance,
Si, comme Haffan l'affure, il alloit dans la France
Fixer avec nous fon deftin ;

B iiij

Sans en rougir j'accepterois sa main,
Et je la chérirois plus que son opulence,
Mon cœur est encor libre . . . .

CLARICE.

Et le mien ne l'est pas ;
Voilà la source de mes peines.
J'aurois moins à souffrir si mes foibles appas
Ne l'avoient pas mis dans mes chaînes.
Je vous surprends . . . . mais lisez dans mon cœur :
D'Oberval à Marseille en devint le vainqueur,
Presqu'au premier instant qu'il parut à ma vuë,
Son ame en me voyant à son tour fut émuë :
Ce que nous ressentions se peignoit dans nos yeux,
La sympathie agissoit sur notre ame ;
Il me fit l'aveu de ses feux ;
Je ne lui cachai point le progrès de ma flâme,
Nous nous aimions enfin, & nous étions heureux.

ISABELLE.

Mais avec tant de soin pourquoi cacher ces nœuds ?
D'Oberval est aimable, & je suis peu surprise . . . .

CLARICE.

Hélas ! vous le sçavez, je dépends de Dorise,
Sœur de mon pere, il avoit en mourant,
Ordonné qu'à ses Loix je resterois soumise.

Elle vit d'Oberval, il lui parut charmant.
L'amour d'une Rivale eft toûjours un tourment,
Celle qu'on craint le moins peut faire une infidelle :
J'aimois, & je tremblois d'aimer un inconftant :
Dorife à mes regards étoit encor trop belle ;
Mais par de nouveaux foins d'Oberval chaque jour,
Calmoit ma jaloufie, & ma frayeur mortelle,
Et par bonheur ces foins fi chers à mon amour,
Dorife les prenoit pour elle.

ISABELLE.

C'eft donc là cet Amant qu'elle croit voir toûjours,
Et dont elle parle fans ceffe ?

CLARICE.

C'eft lui-même, & je vois affez par fes difcours
Que l'abfence & l'amour redoublent tous les jours,
Ses vifions, & fa foibleffe :
Cependant d'Oberval fut contraint de partir,
Et fans doute fon inconftance
Loin de nous fçut le retenir :
Souvent pour diffiper l'ennui de fon abfence,
Nous nous promenions fur la mer ;
Ce jour qui nous fut fi funefte,
Vous voulûtes nous fuivre, un Corfaire d'Alger
Surprit notre Vaiffeau. Vous fçavez tout le refte.

ISABELLE.

Des malheurs que le fort a déployés fur nous,
Votre amitié me dédommage.
Nos fers font d'ailleurs affez doux:
Haffan nous acheta ; c'eft le Turc le plus fage
Et le plus affable de tous.

CLARICE.

Il eft vrai ; mais en vain il m'offre fon hommage,
L'amour contre fes foins oppofe d'autres traits :
Il a gravé dans mon cœur une image.
Que l'abfence ou le tems n'effaceront jamais.

ISABELLE.

Je plaignois vos chagrins fans fçavoir vos fecrets,
Et maintenant je les partage:
Pardonnez mon erreur ; mais depuis quelque tems
Vos ennuis me fembloient moins grands;
Vous marquiez pour ces lieux bien moins de répu-
gnance,
Et tous ces heureux changemens
Je les attribuois à la reconnoiffance.

CLARICE.

Je l'avouërai, de fecrets mouvemens
Font paffer dans mon cœur une joie inconnue ;

Depuis cinq ou fix jours ma douleur diminue....
      Vous le dirai-je?... En de certains mo-
mens
      J'éprouve ces raviſſemens,
Ce trouble, ces tranſports que m'inſpiroit la vue
      Du plus cher de tous les Amans.
      Mon ame s'ouvre à des preſſentimens,
      Et ma gaité ſemble être revenue.

SCENE II.

CLARICE, ISABELLE, DORISE.

DORISE.

FElicitez Doriſe toutes deux ;
D'Oberval eſt ici, la choſe eſt confirmée.

ISABELLE.

Voilà de ſes erréurs.

DORISE.

      Je l'ai vu dans ces lieux....

CLARICE.

Eh quoi ! dans ces jardins ?

DORISE.

Oui, Mon ame est charmée.

CLARICE à *Isabelle.*

O Ciel ! mon cœur me dit que Dorise a raison.

ISABELLE à *Clarice.*

Dans ces jardins un homme ! & d'Oberval encore !
Elle extravague.

CLARICE.

Hélas !

DORISE.

Cette affreuse prison
Ne me sépare plus d'un Amant que j'adore.
Isabelle... Clarice... Il est toûjours charmant :
Oui d'Oberval est un Amant unique ;
Je n'en sçaurois douter, il est tendre, constant,
Et c'est son amour seul qui l'amene en Afrique...
A Clarice.
Mais soyez donc sensible au plaisir que je sens.

CLARICE.

Je le partagerois sans doute ;
Mais des obstacles trop puissans .....

ISABELLE.

La chofe eft impoffible, & choque le bon fens.
Un François au Serail ! quelle folie !

DORISE.

Ecoute.
Tout le jour tu me contredis ;
Tu taxes tout ce que je dis
D'illufion, de rêverie :
Tu te crois raifonnable, & tu t'en applaudis ;
Mais ton bon fens, ou plutôt ta manie !
Donne un fond de trifteffe à ce que tu prédis ;
Defefpérer de tout eft ta vertu chérie.
Va, reçois de moi cet avis :
Un excès de raifon eft pis que la folie.

CLARICE.

A Ifabelle.   *A Dorife.*
Peut-être qu'en effet.... Mais l'avez-vous bien vu ?
. De lui toûjours préoccupée,
Cent fois croyant le voir, vous vous êtes trompée...
Dans le fond, de Dorife il eft fort bien connu ;
Il fe pourroit......

DORISE.

Tu peux m'en croire :
L'amour nous donne de bons yeux.

Haſſan & lui s'entretenoient tous deux.

ISABELLE.

Haſſan & lui ! . . . Nouvelle hiſtoire.
Chez ſes femmes un Turc qui méne les Galands !
De Paris cette mode arrivera peut-être.

CLARICE *à Iſabelle.*

Laiſſez-la dire. . . . . .

ISABELLE.

Eh quoi ! vous pouvez l'écouter ?

DORISE.

A travers les barreaux qui grillent ma fenêtre
Je les ai vus . . . . de loin . . . . mais je n'en puis
douter . . . .
Je vais voir la fin de mes peines ;
Mon cher d'Olberval vient hâter
L'heureux moment qui briſera mes chaînes:
J'en jurerois, il vient traiter de ma rançon.

ISABELLE.

Mais par malheur Madame oublie
Que nous avons caché notre vrai nom,
Notre état, & notre Patrie.

DORISE.

A votre froid bon sens nous dûmes cet avis.

CLARICE.

Dans une avanture auſſi triſte ,
Nos noms du moins reſtoient enſevelis
Sous les faux que nous avons pris
De Fatmé , Fatime , Agariſte.
Nos parens à Marſeille ont pleuré notre mort :
Notre Vaiſſeau ne rentrant point au Port ,
Ils auront ſuppoſé qu'il avoit fait naufrage ;
Ils auroient trop rougi de notre ſort ,
S'ils avoient pu ſçavoir notre eſclavage.

ISABELLE.

Nous ne nous doutions point qu'Haſſan fût ſi poli.

DORISE.

Je vous dis en un mot , un fait bien établi. . .
A Marſeille d'ailleurs où a tant de nouvelles
De tout ce qui ſe paſſe ici. . . .
L'amour de nos malheurs peut l'avoir éclairci,
Et mes deux yeux ſont des témoins fidelles.
Haſſan vient. Il vaincra votre incrédulité.

SCENE III.

[CLARICE, DORISE, ISABELLE; HASSAN.

DORISE.

Hassan me rendra-t-il enfin la liberté?

HASSAN à Dorise.

Agariste dans peu vous serez satisfaite.

DORISE.

En hâtant ma félicité,
Elle en deviendra plus parfaite.

HASSAN.

Je vais céder à votre empressement;
Que votre inquiétude cesse.

DORISE à Clarice.

Ai-je fait un faux jugement?

HASSAN à Clarice.

Puis-je, belle Fatmé, vous parler un moment?

A

A Ifabelle & à Dorife.

Pardonnez mon impoliteffe.

ISABELLE.

Eloignons-nous.

DORISE.

Je cours pour chercher mon Amant.

———————————————

SCENE IV.

CLARICE, HASSAN.

HASSAN.

POur la derniere fois fouffrez que je vous preffe
De me parler fans nul déguifement.
Votre bonheur fur-tout eft ce qui m'intereffe....

CLARICE.

C'eft trop peu pour tous vos bienfaits
De toute ma reconnoiffance ;
Mais enfin . . .

HASSAN.

Mes défirs feront tous fatisfaits ,
Si vous daignez me voir fans répugnance.
Quand on a mon âge & mes traits . . . .

C

CLARICE.

Vous êtes trop modeste, & c'est mal vous connoître.

HASSAN.

C'est parce que je me connois,
Que j'ai peu de mérite à l'être.
J'ai toûjours les mêmes projets.
Nos usages, nos mœurs & nos Loix que je hais,
Vont m'exiler des lieux de ma naissance.
Pour la société tous les hommes sont faits,
Les Turcs ignorent ses attraits,
Et tout m'invite à chercher dans la France
Ses plaisirs délicats qu'ici mon opulence
Ne me procureroit jamais ;
Mais m'unir avec vous, vivre avec vous sans cesse,
Est le bien qui me flatte, & que je me promets.
Du vrai bonheur l'image enchanteresse
Ne s'offre à moi que sous vos traits.

CLARICE bas.

Tout ce qu'il dit de lui je le sens pour un autre.
    Haut.
Trop généreux Hassan, quelle erreur est la vôtre.

HASSAN.

Belle Fatmé, je cherche un solide bonheur :

L'eſtime & l'amitié ſont les plaiſirs du cœur,

Et je n'ai point l'ame obſédée

Des tranſports d'une folle ardeur,

Un ſentiment plus ſûr pour vous l'a décidée.

Des douceurs de l'Hymen, de ſes engagemens

J'ai peut-être une fauſſe idée ;

Mais je crois que ſes nœuds doivent être charmans :

Lorſque ſans le ſecours de ces feux violens,

Fruits de la paſſion, périſſables comme elle,

La confiance mutuelle,

L'amitié, les égards, & les ſoins complaiſans

D'un tendre Epoux, d'une Epouſe fidelle ;

Peuvent remplir tous les momens,

Le Ciel attache alors au doux nœud qui les lie

Les plaiſirs des amis, le repos de la vie,

Et les délices des Amans.

CLARICE *bas.*

Quel bonheur d'Oberval ! ſi le Ciel plus propice....

HASSAN.

Ce n'eſt donc point un amoureux caprice

Qu'aujourd'hui j'exige de vous :

J'oſe vous demander un moindre ſacrifice.

Des mains de l'amitié prenez-moi pour Epoux.

C ij

CLARICE.

D'un généreux penchant vous êtes la victime...
  Eh pourquoi m'offrez vous vos vœux?
  Je ne sçaurois vous rendre heureux,
  Vous le seriez avec Fatime.

HASSAN.

Je connois ses appas, je l'aime, je l'estime;
Sans doute votre amie a tous les agrémens
    Et de son sexe & de son âge,
Son esprit est aimable, & ses traits sont charmans;
    Mais vous me plaisez davantage.

CLARICE.

Dans de trop grands dangers votre erreur vous conduit:
    Hassan, votre amitié me flatte;
Mais je dois m'opposer aux desseins qu'elle suit,
    Si je veux n'être pas ingrate.

HASSAN.

    Je m'y livre avec sûreté,
Et l'on peut accorder le désir qui me presse,
    Et votre générosité.
Il semble à mes projets que le Ciel s'interesse;

Depuis fix jours il a conduit chez moi
Un François qui rendra ma retraite facile.

CLARICE.

Un François !

HASSAN.

Oui , Fatmé. Soyez tranquile :
J'ai confié mes fecrets à fa foi. . . .

CLARICE.

Eh le connoiffiez-vous ?

HASSAN.

J'en fis la connoiffance
A mon dernier voyage en France.
Son abord me prévint ; il a des fentimens ,
Beaucoup d'efprit , fans fuffifance ;
Et des jeunes gens de fon tems
Il réünit les graces , les talens ,
Sans en avoir l'impertinence.
Enfin quoique tous deux d'âges fort différens ;
L'amitié nous unit.

CLARICE.

Mais c'eft donc un jeune homme ?

C iij

HASSAN.

Oui ; mais prudent, quoiqu'il n'ait pas trente
ans.
Son Vaiffeau dans le Port . . . .

CLARICE.

Et ce François fe nomme ? . . .

HASSAN.

D'Oberval eft fon nom... Mais l'auriez-vous connu ? .

CLARICE.

Seroit-il vrai ? . . .   L'ai-je bien entendu ?

HASSAN.

Parlez Fatmé : vous paroiffez émuë.

CLARICE.

Il eft vrai . . . ce François . . . je l'ai vu quelquefois,
Et de lui ma famille étoit beaucoup connuë.

HASSAN.

Rien de plus heureux pour tous trois.
Comme moi-même il fçait ce que je penfe
Il connoît mes projets, il les approuve tous . . . .
Sans doute en fes difcours vous aurez confiance,

Ils vaincront votre réfistance :
Je tiendrai d'un ami mon bonheur le plus doux.
Bientôt vous l'allez voir paroître.

CLARICE.

Quoi je pourrai le voir !.. Vos bontés aujourd'hui. ..

HASSAN.

Eh ! pourquoi non ? vous devez me connoître,
Fatmé, voyez en moi toûjours un tendre ami,
Et n'y voyez jamais un Maître.
Ce Serail ne vous a caufé que trop d'ennui :
A tous momens je prétens qu'il vous voie,
Ces murs ne font plus faits, ni pour vous, ni pour
lui.
Avoüez qu'à le voir vous aurez quelque joie ?...

CLARICE.

Mais... il connoît ... ce que j'ai de plus
cher ;
Et l'amour ... du Pays ....

HASSAN.

Pourquoi vous en défendre ?
L'amour de la Patrie eft un penchant fi tendre ....
On en triomphe à peine, & même dans Alger.

C iiij

Eh ! le vôtre, Fatmé, pourroit-il me surprendre ?
J'ai beaucoup voyagé ; mais de tous les Pays,
Celui dont mes regards ont été plus ravis,
Où toutes les beautés naissent, ou vont se rendre ;
C'est la France, sans doute : elle est à tous égards,
Quoiqu'en dise l'envie & malgré son murmure,
Le chef-d'œuvre de la Nature,
Et l'heureux azile des Arts.
Que votre goût pour elle éclate à mes regards. . . .
Mon cœur à ses beautés comme vous est sensible.

CLARICE.

Oh ! le goût que j'éprouve est un goût invincible.

HASSAN.

Vous trouverez d'Oberval bien changé ;

CLARICE.

Comment donc !

HASSAN.

Son cœur est plongé
Dans une amertume terrible :
Par un coup imprévu la mort l'a séparé
D'une Maîtresse aimable, & tendre autant que belle.

CLARICE bas.

Ah ! je respire. Il est fidele.

HASSAN.

Par la douleur son cœur est déchiré ;
En voyageant il a cru s'en distraire ;
Mais les maux de ce caractere
Sont pour un cœur sensible aussi longs que cuisans,
Son Vaisseau dans le Port fut poussé par les vents ;
A son esprit alors l'amitié me rappelle,
Il me fait avertir ; j'accours à la nouvelle.
Jugez de la douceur de nos embrassemens ;
Il est chez moi depuis ; mais à tous les momens
Sa tristesse se renouvelle.
Vous verrez ses regrets ... Ses pleurs sont si tou-
chans ....
Oh ! vous aurez pitié de sa douleur mortelle.

CLARICE.

Elle s'adoucira peut-être avec le tems.

HASSAN.

Je vous laisse ... En ces lieux je reviens le conduire ;
En revenant.
Pour vous faire jouir de son étonnement,
J'aurai soin de ne pas l'instruire
Que vous le connoissez. L'amitié qui m'inspire
Voudroit que tout pour vous devint amusement.

Il sort.

SCENE V.

CLARICE seule.

Ciel, au bonheur que tu me rends,
Pourquoi mêler tant de trouble & de crainte !
J'étois maîtresse à peine de mes sens....
    Mais aux mouvemens que je sens
Je puis enfin me livrer sans contrainte.

SCENE VI.

CLARICE, ISABELLE.

ISABELLE.

Il est parti. Je guétois le moment.
Vous adoucissez-vous ? êtes-vous moins cruelle?

CLARICE.

Partagez mes transports... ah ! ma chere Isabelle !
Qui pouvoit se flatter d'un tel événement ! ...
Quelle joie !... Oui.... je suis dans un ravissement....
Tout ce qu'Hassan m'a dit prouve qu'il est fidelle....

ISABELLE *étonnée.*

Un tranfport fi prompt & fi grand ;
A vous parler vrai me furprend,
Sa conftance pour vous n'eft pas une nouvelle,
Vous deviez y compter . . . .

CLARICE.

Cet agréable inftant
Eft le plus flatteur de ma vie . . . .
Vous me voyez tranfportée & ravie . . . .

ISABELLE *avec trouble.*

Eh ! mais je crois qu'il ne tenoit qu'à vous
D'avancer un inftant fi doux,
Si vous en aviez bien envie.
L'heureux Haffan n'eût point fait le cruel ;

CLARICE.

L'heureux Haffan ! . . . quelle eft cette folie ?

ISABELLE.

Je ne vous blâme point ! . . . il eft fort naturel . . . ;

CLARICE.

Qu'a donc Haffan de commun, je vous prie ;
Avec mes tendres mouvemens ?

ISABELLE.

Oh! pour le coup je ne ſçai que vous dire ;
Sans doute vous voulez ſonder mes ſentimens ;
Mais croyez quelque goût que ſa vertu m'inſpire,
Que je vous vois ſans peine achever ſon bonheur.

CLARICE.

Qui vous parle d'Haſſan? D'où vous vient cette erreur ?

ISABELLE.

De qui s'agit-il donc ?

CLARICE.

De d'Oberval ſans douté;

ISABELLE.

Eſt-ce qu'il eſt ici!

CLARICE.

Je vous l'ai dit cent fois . . . .
Jugez du plaiſir que je goute ?
Son cœur eſt toûjours ſous mes loix...
Il me croit morte, il me pleure ſans ceſſe.
Que j'aurai de plaiſir à bannir ſa triſteſſe !...
Quelle ſera ſa joie ! Il va bientôt me voir.
Je ſens que pour la concevoir,

Il faudroit avoir ma tendreſſe.

ISABELLE.

Votre bonheur m'étonne autant qu'il m'intereſſe :
Mais Haſſan ſçait-il votre amour ?
Allez-vous quitter ce ſéjour ?
Expliqués-moi comment ?....Oh bon ! Voici Do-
riſe.

Les fous ſont toujours importuns.

SCENE VII.

CLARICE, ISABELE, DORISE.

DORISE.

LE deſtin qui me favoriſe
Fait pour moi des efforts qui ne ſont pas communs.
Mais il me rend en vain un Amant qui m'adore,
Si vous ne ſecondez mes vœux,
Sans doute Haſſan ne me retient encore
Que pour vous engager à partager ſes feux. . .
Que vous a-t'il apris ? Faut-il que je l'ignore ?

ISABELLE.

Rien du tout.

DORISE.

Comment rien !... Pour mon cœur
amoureux

C'eſt un coup de poignard.

CLARICE *à Iſabelle.*

Tâchez de m'en défaire.

Que lui dirai-je ?

ISABELLE *bas à Clarice.*

Rien , Allez. Laiſſez-moi faire.

A Doriſe.

Vous croiez donc toujours d'Oberval dans ces lieux ?

DORISE.

Aparemment, j'en puis croire mes yeux.

ISABELLE.

D'une illuſion agréable
On a bien de la peine à deffendre ſon cœur ;
Ce qu'on déſire avec ardeur
Paroît toujours aſſez croyable ;
Mais on revient bien-tôt de ſon erreur ,
Lorſqu'on a comme vous un eſprit raiſonnable.

DORISE.

Je vous jure . . . . Eh ! pourquoi voudrois-je vous
tromper ?

Je l'ai vû. C'eſt un fait.

ISABELLE.

d'Oberval?

DORISE.

Oui. Lui-même.

ISABELLE.

Je conçois aisément qu'un Amant que l'on aime
Maître de notre esprit doit toujours l'occuper;
Vous avez une ame si tendre . . . .

DORISE.

Vous me connoissez bien. C'est une passion . . . .
Une ardeur . . . .

ISABELLE.

Oh ! La chose est facile à comprendre;
Tout doit céder sans doute à cette impression,
Et dans tous les objets dont la vûe est frappée
Le cœur cherche , & croit voir ces traits victorieux;
La voix , l'air , les regards dont l'ame est occupée . . . .

DORISE.

Quand vous verriez mon cœur vous n'y liriez pas
            mieux.
Son Image me suit . . . Je crois toujours l'entendre.
Je lui parle . . . . .

ISABELLE.

Et voilà d'où naît l'illusion.
L'esprit le plus sensé peut se laisser surprendre;
Et l'Amour fait son Rolle en trompant la raison.

DORISE à *Clarice.*

Son idée en effet est assez vraisemblable ;
Cependant .... mon erreur seroit bien pardonnable.

CLARICE.

J'entens du bruit, .. Ce sont les Bostangi ;
Que leurs travaux menent ici.
Ils paroissent déja. Tàchez de vous contraindre.

DORISE à *Clarice.*

Vous n'auriez qu'à vouloir, nous serions tous heureux;
Et c'est vous dans le fond qui me rendez à plaindre.

ISABELLE.

Ils avancent .... Soiez plus discrete à leurs yeux.

DORISE.

Oh! J'aime trop pour pouvoir feindre :
Pourquoi d'ailleurs me cacher devant eux ?
Je parle pour leur Maître, & je n'ai rien à craindre.

SECOND

SECOND INTERMEDE.

Entrée des Boſtangi du Serrail d'Haſſan ; ils portent tous les Inſtrumens propres au Jardinage , & par une Pantomime ils expriment leurs differens emplois dans les Jardins.

Deux Boſtangi François dans le tems que les autres forment leurs pas chantent , une bouteille de Sorbet à la main.

DUO. Premier Air.

Que le Sorbet eſt déteſtable !
Quel plaiſir de boire du Vin !
A l'aſpect de ce jus divin ,
L'ennui s'envole & tout devient aimable ;
Mais ces lieux malheureux ſont maudits du Deſtin,
C'eſt pour boire de l'eau que l'on ſe met à table.
Que le Sorbet eſt déteſtable !
Quel plaiſir de boire du Vin !
A l'aſpect de ce jus divin ,
L'ennui s'envole & tout devient aimable.

On danſe.

Un pas de deux Pantomime.

DUO. Second Air.

Beau ſéjour que nos vœux redemandent envain ;

D

Pourrions-nous perdre la mémoire
Des plaisirs & des biens qui naissent dans ton sein?
France heureuse, chez toi coulent des flots de Vin,
      On ne dépend que de la gloire,
Et l'on peut sans danger du soir jusqu'au matin
      Rire, chanter, danser & boire.

                On danse.

   L'Intermede finit par une danse générale des Bostangi qui vont continuer leurs travaux dans les autres parties des Jardins.

ACTE II.

SCENE I.

AXELIE, OSMIN.

OSMIN.

DEmeurez, aimable Axelie,
Puifqu'un heureux hazard nous cache à tous les yeux,
    Daignez m'apprendre, je vous prie,
Quel fera près de vous le fuccès de mes feux.
Votre cœur à la fin d'accord avec mes vœux,
Voudra-t-il confentir au bonheur de ma vie.

AXELIE.

Ofmin, vous me parlez d'un ton bien langoureux...
    Je fuis vive, gaie & badine;
    Si l'amour eft fi férieux,
    A vous parler vrai, j'imagine
    Que vous êtes loin d'être heureux.

OSMIN.

    Je vous rends graces de m'inftruire :
D ij

Si la gaité peut gagner votre cœur,
C'eſt mon premier talent , & vous n'avez qu'à
    dire.
Qu'un baiſer ſeulement commence mon bonheur,
    Et vous verrez ſi je ſçai rire.

AXELIE *en ſe reculant.*

Oh ! non pas , s'il vous plaît, je ris ſans ce ſecours.
    J'aime une gaité naturelle ,
Dont la langueur jamais n'interrompe le cours,
Qui s'amuſe de tout , & qu'un rien renouvelle :
La liberté , les biens , les plus tendres amours ,
    Ne ſçauroient me plaire ſans elle.

OSMIN.

Et voilà juſtement quelle eſt l'aimable humeur
Que donne la Nature aux lieux de ma naiſſance.
    Elle auroit dû vous faire naître en France ?
On pourra réparer peut-être ſon erreur;
    J'en ai du moins quelqu'eſperance.
Vous connoiſſez pour moi d'Haſſan la confiance :
    Si je me flattois d'être aimé ,
D'un projet important que ſon cœur a formé
    Je vous ferois la confidence.

AXELIE.

Oh ! je vous aime aſſez pour apprendre un ſecret;

OSMIN.

M'aimez-vous assez pour le taire ?

AXELIE.

Je n'aurois pas un grand effort à faire :
Si j'ai le cœur peu tendre, il est au moins discret.

OSMIN.

Eh bien sachez qu'Hassan va rompre l'esclavage
Des Françoises qui sont ici depuis six mois ;
Nous les menons en France, & je fais à mon choix
  Les arrangemens du voyage :
Il ne faut que m'aimer pour venir avec nous....
  Ne croyez pas que j'exagere,
  Dans ce climat aussi riant que doux,
  Vous verrez tout ce qui peut plaire,
  Et c'est le seul digne de vous.

AXELIE.

Sans doute. Qui ne croit que c'est dans sa Patrie
  Qu'on trouve le suprême bien ?
Chaque homme sur ce point a la même manie,
Et de tous les Pays ne vante que le sien.

OSMIN.

Oui. Mais ce que je dis du mien,
    D iij

L'Europe entiere le publie.
C'est le Ciel le plus beau ....

AXELIE.

Oh ! cela n'y fait rien :
Bientôt le plus beau Ciel ennuie.

OSMIN.

J'en conviens. Lorsque comme ici,
Et dans tous les Pays qu'on appelle Turquie,
On paroît ignorer tout le prix de la vie,
Que le Printems de l'âge est obscurci
Par la honte des fers, la crainte, le souci,
Que d'un Maître absolu l'on sert la tyrannie,
Qu'on ne vit que pour lui. ....

AXELIE.

Propos de jalousie :
Les malheurs de celui qui sert
Font le bonheur de celui qui commande ;
L'un gagne ce que l'autre perd.

OSMIN.

En Turquie on exige, en France l'on demande. ...

AXELIE.

La différence n'est pas grande :
Le bien le plus gardé tôt ou tard est offert.

O s m i n.

Cependant votre Sexe ici dans l'esclavage
Porte d'indignes fers, & languit sous leur poids.;
Aussi nous lui rendons un éternel hommage,
Tandis qu'en France il goûte l'avantage
De vivre libre, & de donner des loix :
Nous ne sommes jamais heureux que par son choix.
Maîtresses du bonheur, les Belles sont nos Rois.

A x e l i e.

Et c'est tout comme ici. Le Turc le plus farouche
Soupire, & languit à nos pieds.

O s m i n.

Mais qu'il vous plaise, ou non, il faut que vous
feigniez
Que son amour vous honore, & vous touche.
Lors même qu'il s'abaisse il vous donne la loi,
Et le Tyran ne vous couronne
Que pour vous enchaîner un peu plus près de soi.
Une foule d'Argus toujours vous environne,
Vous suit partout, vous contraint, ou vous
prône :
Se faire détester est son affreux emploi.
C'est tout le contraire chez moi :
Les Belles en tout tems sont comme sur un Trône,
Leur volonté décide, elle défend, ordonne,

D iiij

On obéit, fans demander pourquoi :
Leur pouvoir eft un bien que la beauté leur donne ;
Elles fortent fans fuite , & rentrent fans effroi,
En bravant le couroux du fot qui les foupçonne,
   Et toujours fur leur bonne foi....

AXELIE.

Elles ne trompent donc perfonne !

OSMIN.

Ah ! j'oubliois cet article important.
Elles trompent auffi comme par tout le monde :
   Mais en France tout les feconde,
Et ce plaifir eft ici plus piquant.

AXELIE.

Vous voilà bien. Pour un mot innocent....

OSMIN.

Mon Dieu, n'ayons point de querelle.
   Eh bien fur ce tableau fidelle ?

AXELIE.

Il pourroit me tenter s'il étoit reffemblant.
Malgré tous vos difcours je doute cependant
Que la grandeur de vos Sultans de France....

OSMIN.

Oh ! vraiment, quelle différence !

Je fçai que vos Sultans en impofant des fers,
Se flattent de regner fur cent Peuples divers :
Leur Empire s'étend jufqu'aux lieux où nous fommes·
Mais quels font les humains foumis à leur pouvoir ?
Des Efclaves tremblans qu'ils dédaignent de voir :
            Notre Roi regne fur des hommes,
Souverain de leurs cœurs l'amour fait leur devoir.
Dans un Serrail obfcur où l'orgueil les refferre,
Vos Sultans amollis par d'éternels loifirs,
            Poids inutiles de la Terre,
Abandonnent leur gloire aux bras de leurs Vifirs.
Le Sultan des François fait lui-même la guerre,
Et ce n'eft qu'en Héros qu'il fe livre aux plaifirs.

AXELIE.

Mais c'eft donc un Prince admirable !
Les cœurs doivent voler au-devant d'un tel Roi.

SCENE II.

DORISE, AXELIE, OSMIN.

DORISE.

MOn cher Ofmin, ayez pitié de moi ;
Vous pouvez me tirer d'un état déplorable :

A Axelie.

J'aime . . . Oh! devant vous je ne me gêne pas.

Je vous crois, aimable Axelie,

Un très-bon cœur, & de plus mon amie :

On doit penser fort bien quand on a tant d'appas.

AXELIE.

Le Compliment . . . .

DORISE.

Je n'ai pas le loisir d'en faire.

Cher Osmin, il faut me servir . . . . .

On ne nous entend point ? . . .

OSMIN.

En quoi puis-je vous plaire ?

Je suis prêt à vous obéir.

DORISE.

C'est un amour si vif.... Ce n'est plus un mystere....

Il est ici. Je veux ou le voir, ou périr.

Tu le connois ?

OSMIN.

Qui donc ?

AXELIE.

Quelqu'un vient ce me semble.

OSMIN *en s'en allant.*

Pardonnez fi je fuis.

AXELIE *en s'en allant.*

Je vous quitte à regret.

DORISE *en s'en allant.*

Dans le Bofquet voifin retrouvons-nous enfemble :
Je vous apprendrai mon fecret.

SCENE III.

HASSAN, D'OBERVAL.

HASSAN.

OUi, d'Oberval, ainfi penfent les Mufulmans :
Leur cœur, fans s'arrêter à des recherches
vaines,
N'afpire qu'à la paix, ne fuit que les tourmens :
Ce qu'on appelle amour pour eux n'a point de chaînes.
Tout fuit dans leurs Serrails l'effor de leurs défirs,
Si les femmes font leurs plaifirs,
Elles ne font jamais leurs peines ;
C'eft tout ce que mon ame adopte de leurs mœurs.

D'OBERVAL.

Je fens par le chagrin qui me fuit & m'accable,

Qu'une paſſion véritable
Peut nous cauſer le plus grand des malheurs:
Clarice eſt pour mon cœur une ſource durable
D'ennuis , de regrets & de pleurs.
Cependant ſi l'amour a des jours de triſteſſe ,
Il ſçait répandre auſſi la plus aimable yvreſſe
Sur ſes plus cruelles rigueurs.
Chez nous il eſt bien plus ſentiment que foibleſſe,
En affectant notre ame , il l'émeut, l'intereſſe;
Et franchement le vôtre . . . .

HASSAN.

Eſt le ſeul de bon ſens :
Nous vivons pour nous-mêmes , & tout flatte nos
ſens.
Sur ce point ſeul nul ſouci ne nous preſſe.

D'OBERVAL.

Mais comment reçoit-on de pareils ſentimens ?

HASSAN.

Fort bien. On nous traite en Amans,
Et nous n'avons point de Maîtreſſe.

D'OBERVAL.

C'eſt connoître l'Amour par ſes moindres douceurs.
Cette aimable délicateſſe

Que vous croyez ici le comble des erreurs ,

   Donne feule un prix aux faveurs :

C'eſt elle qui bannit de chez nous la rudeſſe ,

Elle calme, adoucit le feu de la jeuneſſe ,

Elle pare l'amour des plus tendres couleurs ,

   Elle eſt l'ame de la tendreſſe ,

   La ſource de la politeſſe ,

Le piquant des plaiſirs , & le charme des cœurs.

HASSAN.

   J'adopterois votre ſiſtême ,

Si je n'avois paſſé la ſaiſon de l'amour.

   Mais venons au déſir extrême

Que j'ai d'aller fixer en France mon ſéjour.

D'OBERVAL.

Je crains que le projet où votre ame ſe livre

   Ne ſéduiſe trop votre cœur ;

Examinez-vous bien avant que de le ſuivre :

   Les difficultes me font peur.

HASSAN.

Je ſens le prix des jours qui me reſtent à vivre ;

   Je veux aſſurer leur bonheur ;

   Et pour Alger un fond de répugnance ;

Des Citoyens cruels, & des barbares mœurs,

Me font trouver ici l'ennui dans l'opulence,

Le chagrin , le dégoût m'accablent , & j'y meurs;

D'OBERVAL.

Il ne faut point que votre ame balance ;
On ne peut fuir avec affez de diligence
Un féjour où l'on meurt quand on peut vivre ailleurs.
Cependant à voir tout du côté favorable. . . .

HASSAN.

Je me fouviens toujours de ce tems agréable
Que nous avons paffé vous & moi dans Paris.
D'arts , de plaifirs , de jeux quel affemblage aimable !
C'eft là que des momens on connoît tout le prix.

D'OBERVAL.

Le plaifir, il eft vrai, fans ceffe s'y varie.
Par tout ailleurs l'ame languit ,
On ne fait que traîner fa vie ;
Mais à Paris on en jouit.

HASSAN.

Ce peuple heureux femble avoir en partage
L'art de raffembler pour chaque âge
Des Societés , des plaifirs ;
Tandis que nous n'avons que le trifte avantage
De faire partager le poids de nos loifirs
A des cœurs malheureux flétris par l'efclavage ,
Et rampans devant nos défirs

D'OBERVAL.

J'aime à vous voir penfer ainfi fur ma Patrie,
Son goût pour la fociété
A bon droit doit être vanté,
Et le vôtre le juftifie.

HASSAN.

J'ai vu toutes les Cours, & d'Europe & d'Afie,
A la vôtre mon cœur s'eft toujours arrêté :
Dans ces lieux embelis par l'art & la nature
Le Ciel a répandu fes faveurs fans mefure.
Un Monarque adoré, Pere de fes fujets,
Régle fur leur bonheur & la guerre & la paix,
La Juftice à fes Loix affervit fa Couronne ;
Le zéle & la prudence environnent le Trône,
Et j'ai vû réunis dans tous les Courtifans,
La douceur au courage, & la gloire aux talens.

D'OBERVAL.

Cher Haffan tous ces traits font gravés dans mon
ame,
Et vous peignèz d'après mon cœur.
Oui. Je me rends. Partons. Même défir m'enflamme.
Que Fatmé veuille ou non, laiffez-lui fon erreur.
Vous n'aimez point ... D'amour. Votre
bonheur.....

HASSAN.

Mais si je vais en France , il me faut une femme ;
Et je ne vous cacherai pas
Que je verrois avec inquiétude
Que l'Himen près de moi ne fixât point ses pas.
J'ai pris plaisir, dans cette solitude,
A sonder son esprit & j'en fais un grand cas. . . .
Nous tenons tous à l'habitude. . . :
Et vous verrez bien-tôt combien elle a d'appas.

D'OBERVAL,

Je vais de tous mes soins seconder l'entreprise ;
Et je désire fort que vous réussissiez.

SCENE IV.

CLARICE, HASSAN, D'OBERVAL,

CLARICE au fond du Théatre.

ON m'avoit dit que vous me demandiez,

HASSAN.

A Clarice.   A d'Oberval.   A Clarice
Approchez.   C'est Fatmé.   L'amitié m'autorise
                    A souffrir que vous le voyiez.
                                      CLARICE

CLARICE.

Je vous avois cru feul excufez ma méprife.

D'OBERVAL.

Quelle voix !.. Ciel !.. Que vois-je !.. En croirai-je
mes yeux ?...
Eft-il vrai qu'à ce point le Ciel me favorife !

CLARICE.

Vous ne vous doutiez pas de trouver dans ces lieux,
Sous le nom de Fatmé la niéce de Dorife ?

D'OBERVAL.

Cher Haffan quel hazard heureux !
Mon cœur ne peut fuffire à cet excès de joye...
Se peut-il que je vous revoye ?...

CLARICE à d'Oberval.

Contraignez-vous.

HASSAN à d'Oberval.

Les Turcs fçavent-ils bien choifir ?
Convenez qu'on n'a pas le goût meilleur en France.

D'OBERVAL.

Oh !... J'en conviens.

E

HASSAN.

Le Ciel a pris plaifir
De la conduire ici par préférence.
N'êtes vous pas charmé....

D'OBERVAL.

Sans doute....

HASSAN.

Sa préfence
Eft le bien le plus doux dont je puiffe joüir.

D'OBERVAL à *Clarice.*

Dans le Serrail d'Haffan !... Je n'en puis revenir.

CLARICE à *d'Oberval.*

Raffurez votre contenance ;
Ou vous allez tout découvrir.

HASSAN à *d'Oberval.*

Votre joye eft déja fur le point de finir ?

D'OBERVAL.

Moi !... Point du tout.... ma joïe eft trop fincere...

HASSAN.

Eh pourquoi donc la retenir ?
De toutes les Beautés que mon Serrail refferre,
Voilà celle que je préfére,
Et c'eft de votre main que je veux l'obtenir.

D'OBERVAL *bas à Clarice.*

Oh ! C'en eft trop. . . .

CLARICE *bas à d'Oberval.*

Quelle imprudence !

HASSAN.

Elle a quelque fcrupule encore ; elle balance;
Mais vous fçaurez les faire évanouir.
J'attends tout de vos foins·

D'OBERVAL.

De mes foins !

HASSAN.

Oui fans douté;
Vous connoiffez mes fentimens!

D'OBERVAL.

Il eft vrai. . . . Mais. . . .

E ij

HASSAN.

Je compte les inſtans.
Examinez-la bien. Jugez ce qu'il m'en coute,
Pour me prêter à ſes retardemens.

D'OBERVAL.

Oui je juge en effet ... *bas à Fatmé.* Je ne ſçai que
lui dire.
A Clarice. Madame ... Haſſan. ... à votre Hymen
aſpire. ...
A Haſſan. Cependant pour pouvoir combattre ſes
raiſons.
Il faudroit avant m'en inſtruire.
Il ſe pourroit que dans le fonds
Quelqu'obſtacle bien fort. .....

HASSAN.

Non, c'eſt incertitude ...
Ses allarmes en ma faveur
Lui donnent quelqu'inquiétude,

D'OBERVAL.

Mais ce motif eſt pour vous très-flateur.

HASSAN.

Oui, s'il étoit ſuivi d'un peu de complaiſance;

En général des Turcs vous penfez mal en France ;
Et je puis fans orgueil imputer fa froideur
Aux préjugés de fa naiffance.
Un caprice peut-être entretient fa rigueur ?
Gagnez pour moi fa confiance ;
Soyez ma caution, répondez de mon cœur.

D'OBERVAL.

Très-volontiers.... *bas.* Il faut m'armer de patience.
à Clarice.

Madame, Haffan eft...... un Turc plein
d'honneur.....

triftement.

Le fort vous a foumife à fa puiffance....
Dans ce Serrail tout doit flatter fon efpérance :
Ses défirs font des loix..... fon choix une faveur....
Et la néceffité......

C L A R I C E. *bas.*

L'ingrat doute de ma conftance !

H A S S A N à *d'Oberval.*

Remarquez-vous cette aimable rougeur
Dont fon vifage fe colore ?
Ses yeux plus animés s'embéliffent encore.....

E iij

Ce mouvement, sans doute, est un présage heureux.
Vous la persuadez.

D'OBERVAL.

à part. Ah ! je suis à la gêne.

à Hassan.

Cependant .... ses refus (je l'avoue avec peine)
Les craintes, les soupçons qu'elle oppose à vos vœux
    Pourroient avoir quelqu'air de vraisemblan-
ce........

HASSAN *à d'Oberval.*

Ne hazardez donc point un tel propos ici.

D'OBERVAL *à Hassan.*

Je me tais, ou je dis toujours ce que je pense.

HASSAN *bas à d'Oberval.*

C'est me servir fort mal que de parler ainsi :
    Et j'aime mieux votre silence.

CLARICE.

Je dois vous éclaircir tous deux,
    Hassan m'accuse de caprice ;
Peut-être d'Oberval auroit-il l'injustice
De me croire un défaut encore plus odieux.

Je vais vous parler sans mystere.
Hassan vous m'êtes cher.....

H A S S A N.

Quel discours enchanteur !
Je pourrois espérer de ne vous pas déplaire ?

D'O B E R V A L.

En pouvez-vous douter ? Madame est trop sincere....

H A S S A N.

Cher ami, je vous dois un aveu si flateur.

D'O B E R V A L.

A moi !.... *bas* L'ingrate !

C L A R I C E.

Ils sont tous les deux dans l'erreur.

H A S S A N *à Clarice.*

Il n'est plus rien que je souhaite.
Vos bontés à mes yeux augmentent vos appas,

D'O B E R V A L.

Je suis désespéré : Ma disgrace est complette.

E iiij

CLARICE.

Je le vois bien, vous ne m'entendez pas.

HASSAN.

Quelle est donc votre idée?

CLARICE.

Hassan, je le repete:
Vous m'êtes cher. Vos vertus, vos bienfaits
Sont gravés dans mon cœur, m'occuperont sans cesse,
Et je voudrois par ma tendresse
Pouvoir remplir tous vos souhaits:
Mais de son cœur est-on le maître?
Long-temps avant de vous connoître,
L'Amant le plus aimable & le plus amoureux....

HASSAN.

En voilà plus que je ne veux.
N'achevez pas.

D'OBERVAL *bas*.

Grace au Ciel, je respire.
à Hassan.
J'avois prévû quelqu'obstacle puissant,
Et j'avois eu le soin de vous le dire.

HASSAN.

Je ne puis revenir de mon étonnement.
à *Clarice.*
Et cet amour eſt-il ſi violent,
Que rien ne puiſſe le détruire ?

CLARICE.

Non, il eſt au-deſſus de tout événement.
Sans nul eſpoir de revoir mon Amant,
Il conſervoit ſur moi toujours le même Empire.
De mon amour tous ces lieux ſont témoins ?
En vain votre amitié, vos bienfaits, & vos ſoins
Adouciſſoient mon eſclavage ;
Je faiſois cas de votre hommage,
Je vous plaignois, je n'en aimois pas moins,
Et j'en ſouffrois bien davantage.

D'OBERVAL.

Ah ! je vous reconnois à cet amour conſtant....
Haſſan fait un mouvement d: ſurpriſe. D'Oberval
troublé continue.
Pour le cœur du François que vous croyez volage....
L'amour.... devient... quand il l'engage
Une eſpece d'enchantement.
En France en tout on eſt extrême....
Le François ordinairement

S'attache à l'excès quand il aime ;
Il n'eft léger que lorfqu'il eft indifférent.
    Moi (fans vouloir me citer pour modéle
    D'une Maîtreffe jeune & belle
    J'ai fçû vainement le trépas :
Vous m'avez vû rempli de mon ardeur fidelle,
Ne vous entretenir que de fa mort cruelle,
    De mes malheurs, de fes appas,
    Et mon dernier foupir fera pour elle.

C L A R I C E.

Je ferai comme vous. Il n'eft point de danger....

H A S S A N.

Et c'eft-là cet amour que vous vantez en France ?

D' O B E R V A L.

Mais.... fans doute.....

H A S S A N,

    L'amour n'eft qu'une extravagance.
    Elle fera fagement de changer.
Fatmé, rentrez.

Clarice rentre.

SCENE V.
HASSAN, D'OBERVAL.

HASSAN *continue.*

J'AI peine à me défendre
D'un transport dangereux que je veux réprimer.

D'OBERVAL.

Quoi ? voudriez-vous cesser de vous faire estimer ?

HASSAN.

Quel aveu !... que viens-je d'entendre ?

D'OBERVAL.

Mais, Hassan.....

HASSAN.

Laissez-moi. Trop ingrate Fatmé...
Une Esclave !... avouer un amour qui m'offense...
Je sens que mon sang allumé
Me pousseroit à quelque violence.
Sortons.

SCENE VI.

D'OBERVAL seul.

Vraiment ceci prend un fort mau-
vais tour.
La circonstance est périlleuse. . . .
Elle auroit dû se taire. . . . Oui . . . je vois peu de jour.
En vain l'ame d'Hassan est noble & généreuse. . . .
Je connois la façon dont les Turcs font l'amour. . .

SCENE VII.

D'OBERVAL, OSMIN.

OSMIN.

Monsieur ?

D'OBERVAL.

Qu'est-ce ?

OSMIN.

Pardon, un mot.

D'OBERVAL.

Je vous écoute.

OSMIN.

Eft-ce vous par hazard qu'on nomme d'Oberval?

D'OBERVAL.

Moi-même.

OSMIN.

Et François, fans doute?

D'OBERVAL.

Oui.

OSMIN.

J'en ai, je vous jure, un plaifir fans égal.
Je fuis François auffi. Pour le Pays natal
Je conferve un amour fi tendre....

D'OBERVAL.

De quoi s'agit-il donc? Parlez ; je fuis preffé.

OSMIN.

Quelqu'un pourroit-il nous entendre!...
Vous voilà du Patron, je croi, débarraffé,

D'OBERVAL,

Nous sommes seuls.

OSMIN.

Bien fait, jeune comme vous l'êtes....

D'OBERVAL.

Je n'aime point l'éloge. Après.

OSMIN.

Un bon esprit,
Sans haïr l'éloge, en rougit.
Mais les conquêtes que vous faites....

D'OBERVAL.

Oh! finissons cet entretien.
Que voulez-vous? Puis-je vous être utile?

OSMIN.

Non, Monsieur; c'est moi qui.....

D'OBERVAL.

Je n'ai besoin de rien.
Adieu.

OSMIN.

Vous êtes difficile.
En l'arrêtant.
Je ferai court. Daignez m'écouter un inftant.

D'OBERVAL.

Voyons.

OSMIN.

Une Françoife à fes fermens fidelle,
Dont vous êtes l'heureux Amant.

D'OBERVAL.

Eh bien cher ami que fait-elle ?

OSMIN.

Vous n'êtes plus fi preffé maintenant.

D'OBERVAL.

J'étois pour elle en ce moment
D'une inquiétude mortelle.

OSMIN.

C'eft bien fait. Elle vous le rend,
Sans doute même avec ufure.

D'OBERVAL.

Rien n'égale l'amour que mon ame reffent ;

OSMIN.

De cet amour je connois la nature.
J'étois en France un aimable, un brillant,
Un fat complet, & prefqu'un petit Maître.....

D'OBERVAL.

Moi je ne le fuis point, j'aurois honte de l'être.

OSMIN.

.....Je vous en fais mon compliment.
C'eft pourtant un état charmant.

D'OBERVAL.

Mais de fa part enfin qu'aviez-vous à me dire ?

OSMIN.

Je ne l'oubliois pas ; je vais vous en inftruire.

D'OBERVAL.

Eh ! Dépêchez-vous donc.

OSMIN.

Dans une heure au plus tard,
Et pas plus tôt. Venez dans ce lieu même.

D'OBERVAL.

D' O B E R V A L.

Et j'y verrai l'objet que j'aime ?

O S M I N.

Oui. Je croi qu'un heureux hazard
Alors pourra bien l'y conduire.
Y viendrez-vous ?

D' O B E R V A L.

Si j'y viendrai ?

O S M I N.

J'entends.
Vous ferez tous les deux contens ;
J'aurai foin de le lui redire. . . .
Croyez-moi cependant, éloignez-vous d'ici:
Haffan, pour diffiper l'ennui
Que fur nos jours fes fers pourroient répandre,
Voudroit remplir tous nos momens
Par de nouveaux amufemens.
Ses Efclaves ici doivent bientôt fe rendre.
Par leurs danfes, & par leurs chants..;
Mais ils viennent, je les entends.
Adieu. Gardez-vous bien de vous laiffer furprendre.

F

TROISIE'ME INTERMEDE.

Entrée des Esclaves du Serrail d'Haffan de différentes Nations.

On danfe.

UNE ESCLAVE.

PREMIER AIR.

DU Maître qui regne fur nous
    Chantons toûjours l'aimable Empire.
Notre repos fait fes foins les plus doux;
Soyons heureux, c'eft tout ce qu'il défire.
    Du Maître qui regne fur nous
    Chantons toûjours l'aimable Empire.

UNE AUTRE ESCLAVE.

SECOND AIR.

Puiffe le Ciel à nos vœux favorable
    Veiller fans ceffe fur fes jours;
    Nous jouirons pendant leur cours
    D'une félicité durable.
Puiffe le Ciel à nos vœux favorable
    Veiller fans ceffe fur fes jours.

LES DEUX ESCLAVES ENSEMBLE.

    Dans fes fers l'Amour nous enchaîne,
D'un Pere il a pour nous les foins & la bonté;
    Notre bonheur fait fa félicité,

Tout nous rit , & rien ne nous gêne.
Les charmes de la liberté
Valent bien moins qu'une si douce chaîne.

CHOEUR D'ESCLAVES.

Dans ses fers l'Amour nous enchaîne, &c.

On danse.

UNE DES DEUX ESCLAVES *à Clarice.*

TROISIE'ME AIR.

L'Amour vous appelle ,
Ecoutez sa voix ;
A la plus cruelle
Il donne des loix.
Souvent un cœur rebelle,
Qui rebute un Amant fidelle ,
Le venge par un mauvais choix.
L'Amour vous appelle,
Ecoutez sa voix ;
A la plus cruelle
Il donne des loix.

On danse.

UNE DES DEUX ESCLAVES *à Clarice.*

QUATRIE'ME AIR.

Cessez de pousser des soupirs.
Tout ici prévient vos désirs ,
Jouissez des douceurs d'une agréable vie.
Par-tout où regnent les plaisirs ,
Le cœur doit trouver sa Patrie.

F ij

Musette.　　　UNE ESCLAVE.

Nous jouiſſons
D'un bien ſuprême,
Nous chériſſons
Un Maître qui nous aime.

LE CHOEUR.

Nous jouiſſons, &c.

L'ESCLAVE.

L'amour lui-même
Anime nos ſons,
Célébrons
Dans nos chanſons
Notre bonheur extrême.

LE CHOEUR.

Nous jouiſſons, &c.

L'ESCLAVE.

Jamais les peines
Ne troublent nos cœurs,
Ce n'eſt qu'avec des fleu.s
Que ſa main forme nos chaînes:

LE CHOEUR.

Nous jouiſſons, &c.

On danſe.

DERNIER CHOEUR.

Uniſſons-nous, chantons ſans ceſſe,
Qu'il vive heureux à jamais.
Il ne veut que notre tendreſſe
Pour prix de ſes bienfaits.

Contredanſe.

*L'Intermède finit par une Contredanſe générale, à la-
quelle ſe joignent Clarice, Doriſe & Iſabelle. Tous les Acteurs de l'Intermède ſortent en danſant, pour aller continuer les Jeux dans quelque autre allée des Jardins.*

ACTE TROISIE'ME.

SCENE PREMIERE.

D'OBERVAL *seul.*

JE ne vois plus perfonne dans ces lieux.
Clarice doit bientôt s'y montrer à mes yeux. . . .
Mon impatience eſt extrême ;
Que les plus courts momens paroiſſent ennuyeux ;
Lorſqu'on attend ce que l'on aime !
Dans la conjoncture où je ſuis
Tout m'allarme, tout m'inquiéte.
J'ai pour Haſſan une amitié parfaite,
Je partage ſa peine en cauſant ſes ennuis . . . .
Dans le fonds ſa tendreſſe a peu de violence ;
Le bonheur d'un ami doit balancer ſes droits :
Il m'en a fait la confidence,
Pour elle il n'a qu'un goût de préference,
Et c'eſt ſans paſſion qu'il en a fait le choix. . . .
Il faut lui découvrir. . . Mais c'eſt lui que je vois. . .
Que je ſuis malheureux ! il fera fuir Clarice.

F iij

SCENE II.

HASSAN, D'OBERVAL.

HASSAN.

CHer d'Oberval, je vous cherchois.
Vous m'avez fait peut-être l'injustice
De juger mal de mes projets....

D'OBERVAL.

Il est vrai qu'aux transports que vous faisiez paroître....

HASSAN.

Aprenez-donc à me connoître.
Jusqu'à ce jour de tous mes mouvemens,
J'ai, grace au Ciel, assez été le Maître,
Et j'ai suivi de mes plus jeunes ans,
La raison, ou du moins, ce que nous croyons l'être.

D'OBERVAL.

Ainsi toûjours maître de vous,
Fort généreux d'ailleurs, Fatiné dans sa Patrie
Libre avec son Amant, au gré de son envie,
Ira bientôt jouir du destin le plus doux ?

HASSAN,

Non. Point du tout.

D'OBERVAL.

Quoi donc ! quand elle en aime un autre ,
Vous voudriez la forcer à recevoir vos vœux ?
Quel cœur assez tiran ! . . . je juge mieux du vôtre. . .

HASSAN.

J'espere . . . .

D'OBERVAL.

Hassan , c'est un projet affreux
Pour vous en détourner . . . .

HASSAN.

Mais daignez-donc m'entendre . . . .

D'OBERVAL.

L'interêt qu'en vous je dois prendre
Peut seul causer ma crainte , & j'aurois du chagrin. . .

HASSAN *vivement.*

Mais ce n'est pas-là mon dessein :
Votre crainte est fort déplacée.

D'OBERVAL.

Et quelle est donc votre pensée ?

F iiij

HASSAN.

Si vous m'aviez donné l'inſtant de vous parler,
Vous la ſçauriez déja.....

D'OBERVAL.

Je brule de l'apprendre.

HASSAN.

Eh bien, pour ne vous rien celer,
Mon cœur vieñt, cher ami, de ſe laiſſer ſurprendre...
Peut-être votre amour eſt-il contagieux.

D'OBERVAL.

Je ne vous comprens point.

HASSAN.

Me comprens-je moi-même ?
J'ai vu Fatmé depuis que j'ai quitté ces lieux....
Il s'eſt fait dans mon ame un changement extrême.
Non, je n'aimai jamais comme je l'aime.
J'éprouve un ſentiment plus vif que les déſirs,
Et je fais aujourd'hui l'eſſai d'un bien ſuprême,
Que je n'ai point trouvé dans le ſein des plaiſirs.
Mais auſſi je m'apprête un excès de ſouffrance....
Tout m'annonce, en un mot, que je ſuis amoureux,
Mais de ce même amour que vous avez tous deux,
Et que je regardois comme une extravagance.

D'OBERVAL.

Bas.   *A Haſſan.*

Quel contretems ! Peut-être un peu de réſiſtance...;
Vous n'êtes pas fait à languir.

Et . . . .

HASSAN.

Ce n'eſt point cela. J'en ſens la différence.
Sans qu'il en coûte à nos cœurs un ſoupir,
On nous réſiſte ici peut-être plus qu'en France.
Sur ces obſtacles-là nous ſommes aguerris ,
Ils ne ſçauroient porter le trouble dans nos ames.
Sûrs de notre victoire , elle perd tout ſon prix :
Nos droits , les préjugés où nous ſommes nourris ;
Tout nous fait vivre avec nos femmes ,
Comme en France font vos maris.
C'eſt dans ce doux repos que j'ai coulé ma vie.
Tout change en ce moment , mon ame eſt attendrie ,
Par un charme inconnu mon cœur eſt animé. . . . .

D'OBERVAL.

C'eſt donc un accès de folie :
Avant l'aveu que vous a fait Fatmé
Votre tendreſſe eût été naturelle ;
Mais au moment que vous apprenez d'elle ,

Que fon cœur d'un autre eft charmé. . . :

HASSAN.

Un Amant qu'on aimoit peut n'être plus aimé :
Eft-ce une chofe fi nouvelle ?

D'OBERVAL *triftement.*

Non pas, & quelquefois.... Mais enfin la raifon....

HASSAN.

Sur moi tous fes confeils ont perdu leur empire,
Et vous-même malgré la vive paffion
Qu'un objet cheri vous infpire,
A ma place peut-être, en voyant tant d'appas,
Vous vous feriez laiffé féduire.
Quelle eft intereffante !.. Ah ! je ne puis vous dire...

D'OBERVAL.

Avant ce jour ne l'étoit-elle pas ?
Vous n'y penfez-donc point ?

HASSAN.

J'y penfe, & j'en foupire.
Vous m'avez vû tantôt inquiet, interdit,
Et pénétré de ma difgrace ;
Mais ce mouvement de dépit
Au fang froid a bientôt fait place.
Je triomphois de moi : ma fincere amitié

De mon aimable Esclave alloit briser les chaînes;
Je sentois que mon cœur ouvert à la pitié,
En gênant son amour se chargeoit de ses peines.
J'ai couru chez Fatmé plein de ce sentiment.
    J'exprimerois trop foiblement
L'état attendrissant dans lequel je l'ai vuë:
    Mon ame en est encor émuë... :
Avez-vous remarqué ce visage charmant,
Cette bouche, ses yeux, ce sourire agréable ?

   D'OBERVAL *d'un ton fâché.*

Il faut en convenir, sa figure est aimable.

    HASSAN.

Son regard est modeste, & cependant flatteur ;
Une grace naïve anime sa douceur ;
Elle est jeune, charmante, & pourtant raisonnable.

   D'OBERVAL *impatienté.*

  Son caractere est sans doute estimable?

    HASSAN.

Sa gaité, son esprit. . . .

    D'OBERVAL.
      Ont un attrait vainqueur.

    HASSAN.
Et ce son de voix adorable

Qui femble n'être fait que pour parler au cœur ?

D'OBERVAL.

Il eft vrai rien n'eft comparable
A ce fon de voix enchanteur.

HASSAN.

Eh bien ! voilà pourtant les moindres de fes charmes.

D'OBERVAL.
bas.
Comment donc ! Ciel ! quelles allarmes
bas.
Haffan, expliquez-vous. . . . Je fuis au defefpoir.

HASSAN.

Je ne connoiffois pas l'invincible pouvoir
    De deux beaux yeux attendris par les larmes,
        Je l'ai trouvée en proie à fes douleurs
Les divers mouvemens de fon ame trop tendre,
    L'amour, l'efpoir, fon trouble, fes frayeurs
Se peignoient tour à tour, & fembloient fe répandre
        Sur fon vifage embelli par les pleurs.
Contre un pareil tableau pouvois-je me défendre ?
Ses difcours m'ont encor porté de nouveaux coups.
        Un mouvement involontaire
        M'a fait tomber à fes genoux ! . . .
        Que n'ai-je pas dit pour lui plaire !

D'OBERVAL.

Eh! que répondoit-elle à des tranfports fi doux?

HASSAN.

Elle m'a laiffé voir , entre nous,
Plus de bonté que de colere.

D'OBERVAL.

bas.　　　　　*haut.*

Volage !... Ainfi bien-tôt vous ferez fon époux?

HASSAN.

Daignez m'aider , & je l'efpere.

D'OBERVAL.

bas.

Moi vous aider ! ... Jamais je ne fus fi jaloux.
Je ne vous fuis plus néceffaire:
Adieu. Pour terminer heureufement l'affaire
C'eft affez & d'elle & de vous.

HASSAN *l'arrêtant.*

Ne m'abandonnez point , cher ami, je vous prie.

D'OBERVAL.

bas.

Quoi! vous voulez .... Le fingulier emploi!

HASSAN.

A me fervir l'amitié vous convie.

D'OBERVAL.

Je m'en ferois une suprême loi :
Mais je suis en galanterie
Très mal-adroit , même pour moi.

HASSAN.

Songez-donc qu'il y va du bonheur de ma vie :
Je vois entre mes soins & son premier Amant ,
Chanceler son ame timide.

D'OBERVAL.

Croyez-moi , de son changement
Reposez-vous sur son sexe inconstant.
Le caprice seul le décide ,
L'inconstance même le guide ,
Et semble être son élément.
La femme à qui l'on croit le goût le plus solide ,
Pour devenir ou volage , ou perfide ,
N'a besoin que de son penchant.

HASSAN.

Cher ami , vous pouvez hâter son inconstance.
Hassan (m'a-t-elle dit, mais d'un air si touchant ,
Qu'elle a rempli mon cœur d'amour & d'espérance.)
D'OBERVAL bas.
Peut-on souffrir de plus rude tourment !

HASSAN.

„ En votre ami j'ai confiance ;
„ Dans l'embarras où je me voi,
„ J'ai befoin de confeil. Chargez-vous de lui dire,
„ Que par les fiens je prétens me conduire :
„ Qu'il trouve des moyens, & qu'il compte fur moi.

D'OBERVAL.

Ne vous trompez-vous point? eft-ce bien fa réponfe?

HASSAN.

Je vous rends mot à mot la converfation.

D'OBERVAL.

J'entends ce qu'elle nous annonce.
Je me rends, j'avois tort, & vous aviez raifon.

HASSAN.

Je puis donc efperer que pour moi votre zéle. . . .

D'OBERVAL.

Soyez-en fûr. Je m'en fais un devoir,

HASSAN.

Dans mon cœur ce feul mot rappelle
Le plaifir, l'amour, & l'efpoir.

J'ai quelqu'ordre à donner malgré moi je vous laiſſe ;
Mais dans peu de momens je compte vous revoir.

SCENE III.

D'OBERVAL ſeul.

QUelle épreuve pour ma tendreſſe !
Malgré moi je le vois, il faut uſer d'adreſſe,
L'avantage entre nous eſt par trop inégal ;
    Ici je dois trembler ſans ceſſe.
Qu'un Turc dans ſon Serrail qui garde une Maîtreſſe,
    Eſt un redoutable rival !
Il faut que je l'arrache à ce Serrail horrible....
C'eſt un pas difficile, & les dangers ſont grands,
Je le ſçais ; mais je ſuis dans un état terrible,
    Et tout doit être & permis & poſſible
    A la paſſion que je ſens.
    J'entens quelqu'un ... C'eſt Clarice ſans doute.
Son cœur approuvera le parti que je prends....
Mais c'eſt Doriſe.... O Ciel !.... quel nouveau contre-
  tems !

SCENE

SCENE IV.

DORISE, D'OBERVAL.

DORISE.

JE ne puis exprimer le plaisir que je goûte.
Enfin je vous revois. J'ai pris si bien mon tems,
    Que j'ai trompé l'essain de surveillans
Qui sans cesse en ces lieux nous suit & nous écoute.
L'Esclave qui tantôt vous a vu de ma part.....

D'OBERVAL.

   Quoi ! c'est de vous que venoit ce message ?

DORISE.

   Assurément. Mais est-ce le hazard
    Qui vous a seul appris notre esclavag
Cher d'Oberval , mon cœur brule d'être écla'rci.
Si je l'en crois , l'Amour vous a conduit ici,.....
   Et par vos mains il va briser ma chaîne.

D'OBERVAL.

   N'en doutez point . . . . . c'est l'Amour qui
m'amene.

DORISE *vivement.*

Mon espoir n'est donc point trahi.

G

Eh bien ! quand quittons-nous ces lieux que je déteste?
Haffan apparemment ne s'est point démenti.

    Je ne crois pas qu'avec vous il conteste.
A-t-il fixé le jour de notre liberté ? . . .
Mais répondez-moi donc?

D'OBERVAL.

    Non. Rien n'est arrêté.

DORISE.

Tant pis, & ce retard peut nous être funeste.
    De Clarice il est entêté ;
    Mais il s'agit de ma félicité ,
    Et je confens qu'elle lui reste.

D'OBERVAL.

L'aimez-vous affez peu pour cette cruauté ?

DORISE.

Mais.... je l'aime beaucoup. L'amour d'Haffan m'af-
flige....
    Cependant l'honneur le dirige ,
Et pour elle il pourroit devenir un grand bien.
    Ne vous a-t-il parlé de rien ?
Il prétend l'époufer. Il en est fou, vous dis-je.
Vous êtes étonné. . . . J'imagine un moyen
    Dont je conçois une grande efpérance.

Il eſt bon homme au fonds, amoureux, opulent,

      C'eſt pour ma niéce un établiſſement

Bien meilleur que celui qu'elle peut faire en France,

D'OBERVAL.

Vous vous moquez, je croi . . . .

DORISE *d'un air ſenſé.*

        Non ſérieuſement,

   C'eſt à raiſonner ſenſément,

   Une affaire de conſéquence.

   Voyez donc Haſſan promptement.

 Je puis diſpoſer de Clarice :

  Aſſurez-le de mon conſentement,

  Pourvu que ſans retardement

  Avec vous il me réuniſſe.

Je ne balance plus . . . . vous paroiſſez diſtrait? qu'a:

vez-vous donc?

D'OBERVAL.

   Excuſez ma foibleſſe. . . :

De me voir avec vous je ſuis fort ſatisfait;

Mais c'eſt . . . dans un Serrail, & ce ſéjour me bleſſe.

DORISE.

Qu'Haſſan n'allarme point votre délicateſſe.

C'eſt le plus ſage Turc que la Nature ait fait;

Il pousse le respect jusqu'à l'impolitesse.
D'aucun soupçon jaloux ne soyez tourmenté.

D'OBERVAL.

Oh! sur ce point mon cœur est dans un calme ex-
trême ;
Et franchement si je suis agité ;
C'est que je tremble pour moi-même.
Tous ces Esclaves noirs , le poignard , le cordon....
Si l'on nous surprenoit ... seul contre cent peut-être.

DORISE.

Je ne suis plus tranquile.... Oui , vous avez raison.

D'OBERVAL.

Un homme en un moment ici peut cesser d'être.

DORISE.

Il est vrai. Sortez. Je frémis
Du danger où je vous ai mis.

D'OBERVAL.

Si vous voulez pourtant que je demeure ...
L'honneur de vous revoir est pour moi d'un tel prix...

DORISE.

Non, Je meurs de frayeur que vous soyez surpris.

D'OBERVAL.

Vous l'ordonnez au moins.

DORISE.

Oui. Sortez tout à l'heure.

D'OBERVAL.

Il n'eft plus tems , nous fommes pris.

DORISE.

Les châtimens les plus févéres
Ne fçauroient m'effrayer. Je vais vous dégager.

_____

SCENE V.

HASSAN, DORISE, D'OBERVAL.

HASSAN *en entrant à un Efclave.*

AVertiffez Fatmé. *A d'Oberval.* J'ai fini mes
affaires ,
L'amour a fçu les abréger.
Agarifte, eft-ce vous ?

DORISE.

Pardonnez une offenfe.

G iij

Que nous avons tous deux commise innocemment.

HASSAN à *d'Oberval*.

Vous m'attendiez ici moins promptement?

DORISE.

Vous êtes dans ces lieux choqué de sa présence ;
Mais un invincible penchant. . . .

D'OBERVAL à *Dorise*.

Y penfez-vous ?

DORISE à *d'Oberval*.

Laiffez-moi faire :
J'ai dans la tête un aveu fi touchant ,
Qu'il defarmera fa colere.
A Haffan.
Il ignore vos loix , & j'ai fais pour le voir
Cette démarche téméraire.

HASSAN à *Dorise*.

Eh bien !

DORISE.

La liberté n'eft pas mon feul efpoir ;
Et puifqu'il faut vous parler fans myftere ;

Vous voyez un Amant réduit au defefpoir.

Nous nous aimons.... mais d'un amour fi tendre....

Non, rien ne peut nous forcer à changer.

HASSAN.

Eh de qui parlez-vous ?

DORISE.

De ce jeune Etranger
Que votre abord ici vient de furprendre.

HASSAN.

De d'Oberval !

DORISE.

Sans doute.

HASSAN.

Elle eft folle , je crois.....

DORISE.

Après l'aveu que vous venez d'entendre,
Sur mon cœur voudriez-vous abufer de vos droits ?

HASSAN.

Quoi ! réellement il vous aime ?

G iiij

DORISE.

Nous nous aimons à la fureur.

HASSAN à d'Oberval.

Seroit-ce là l'objet de cette ardeur extrême,
Dont la perte accabloit votre ame de douleur ;
Cette Maîtresse ... sage ... adorable ? ...

DORISE.

Oui. Moi-même.

HASSAN à d'Oberval.

Avez-vous donc perdu l'usage de la voix ?
Votre goût, à vrai dire, est bien un peu bizarre ;
Mais enfin ....

D'OBERVAL.

Je n'ai point à rougir de mon choix. ...

HASSAN.

Vous l'aimez donc bien fort ?

DORISE.

Mais il vous le déclare.

D'OBERVAL.

J'en conviens : tout a dû le lui persuader.

il est vrai cependant....

DORISE.

En doutez-vous encore ?
D'Oberval m'aime, je l'adore.
De son bonheur , du mien vous pouvez décider.
Ma niéce vous a plu...

D'OBERVAL à *Dorise.*

Qu'allez-vous hazarder ?

DORISE.

Votre main, je le sçai, l'honore.
A mon Amant voulez-vous me céder ?
Quittons ensemble Alger , je vais vous l'accorder.

HASSAN.

Oh ! vous êtes charmante & mon ame est ravie.
Aujourd'hui tout succede au gré de mon envie...

SCENE VI.

ISABELLE, CLARICE, D'OBERVAL,
DORISE, HASSAN.

HASSAN.

FAtmé..., Fatime... Enfin nous ferons tous heureux.

En montrant d'Oberval.

Sa Maitreffe eft trouvée & ma joye eft parfaite.

Qu'avec plaifir je la rends à fes vœux !

CLARICE.

D'Oberval eft-il vrai ?

DORISE.

Ceffez d'être inquiéte ;

Nous quitterons bien-tôt ces lieux

CLARICE.

Seroit-il vrai !... Quoi !... vos nouveaux
bienfaits. . . .

Je fuis au comble de la joye.

D'OBERVAL *à Clarice.*

Notre malheur eſt plus grand que jamais ;
Tout eſt déſeſperé.

CLARICE.

Ciel !

DORISE.

Haſſan nous renvoye.
A Iſabelle
L'arrangement eſt fait, vous viendrez avec nous.
L'Amour va nous filer des jours d'or & de ſoye·
A Clarice en montrant Haſſan.
J'épouſe d'Oberval il ſera votre Epoux.

ISABELLE *Ironiquement.*

Que cet arrangement eſt bien digne de vous.

HASSAN.

Je ſuis comblé qu'il ait votre ſuffrage·
L'Amour me parle pour Fatmé ;
Mais de votre amitié charmé ,
Entr'elle & vous la mienne ſe partage:

DORISE.

Abregeons ces vains complimens
Achevons promptement cette heureuſe entrepriſe,

Que dès demain & l'amour & les vents
Conduifent fur les flots d'Oberval & Dorife.

HASSAN.

Quelle eft cette Dorife ?

DORISE.

Apparemment c'eft moi.

HASSAN.

Vous !

DORISE.

Eh? qui donc ?

D'OBERVAL *bas.*

Nouvelle crife.

DORISE.

Hâtons-nous de partir.

HASSAN.

Ferois-je une méprife ?..

A d'Oberval.

Je ne me trompe point … parlez de bonne foi.
Vous nommiez autrement cette chere Maîtreffe?

DORISE.

Il me donnoit fans doute, en vous peignant mes traits

De ces noms enchanteurs qu'invente la tendreſſe. ...
Oh ! dans ces noms charmans je trouve tant d'at-
    traits ...
C'eſt un rafinement , une délicateſſe. . ..

HASSAN.

Je dois m'en ſouvenir , il en parloit ſans ceſſe.
Une Clarice étoit l'objet de ſes regrets.

DORISE.

Une Clarice ? erreur.

HASSAN.

       J'en ſuis ſûr.

DORISE.

          Je connois
Mieux que vous ce qui l'intereſſe.
Vous confondez les noms.

HASSAN.

      Parbleu je gagerois ...

DORISE.

Ne vous obſtinez-pas. Vous ſçavez nos ſecrets ;
    Et cette Clarice eſt ma Niéce.

HASSAN.

Votre Niéce ! Fatmé ?

DORISE.

Justement.

HASSAN.

D'Oberbal ?....

CLARIO

Quel coup de foudre !

ISABELLE *à Clarice.*

Allons faites tête à l'orage,
Vous touchez à l'instant fatal.

HASSAN.

C'eſt Clarice !... Ils s'aimoient... Ah ! Fatmé quel
Rival. ...

D'OBERVAL.

Je ne ſçai. où j'en ſuis...

ISABELLE.

Armez-vous de courage,

DORISE.

Qu'avez-vous donc ? Vous ſemblez étonnés :

ISABELLE.

Nous admirons tous votre ouvrage,

DORISE.

Mais on n'a jamais vû des fronts si consternez
                A la veille d'un mariage.... ;
Vous êtes interdits ... personne ne répond !
A d'Oberval.
Eh ! d'où vient donc Monsieur ce silence profond ?
                Mais d'une conduite pareille
Je suis scandalisée à parler franchement ,
                Si je suivois mon premier mouvement ;
Je romprois sur le champ.

HASSAN *tristemer*

            Et je vous le conseille.

DORISE.

Vous me le conseillez :

HASSAN.

        Oui vraiment , & très-fort.

DORISE.

Pourquoi donc s'il vous plaît ?

HASSAN.

            C'est que l'avis est sage.
Croyez-moi. Préparez votre ame à cet effort.

DORISE.

Allez, vous plaisantez, & vous avez grand tort.

HASSAN.

Souvent la vérité prend l'air du badinage.

DORISE.

Quoi je romprois lorsque tout est d'accord !..

A Hassan.

Mais de quoi riez-vous ?

HASSAN.

Je ris de moi d'abord.

DORISE.

Permis à vous d'user d'un pareil privilége,
Et pour le partager nous n'avons qu'à vouloir.

HASSAN.

Mais Madame vous le dirai-je ?
Je ris aussi de vous.

DORISE.

De moi ! je veux sçavoir
La raison d'un pareil langage.

HASSAN.

Vous auriez dû plutôt la voir.

Pardonnez

Pardonnez ma franchife & faites-en ufage.

  L'Amour n'eft pas fait pour notre âge,

En vous voyant je viens d'apercevoir,

Que je jouois, fans le fçavoir,

Un ridicule & fort fot perfonnage,

  Vous m'avez fervi de miroir.

   DORISE.

Il extravague, & c'eft un vrai délire,

  D'OBERVAL.

  Un rayon d'efpoir vient me luire,

   CLARICE

Je tremble encore.

  HASSAN *à Ifabelle*.

   Daignez me parler fans détour,

Fatime votre cœur eft-il libre ?

   ISABELLE.

    Oui l'Amour

N'a point encor troublé le repos de ma vie,

  CLARICE *vivement*.

  Elle vous parle avec candeur,

  Je reponds d'elle.

   HASSAN.

    Et malgré mon erreur,

  Ou plutôt malgré ma follie,

M'eftimez-vous affez pour accepter ma main ?

      H

CLARICE.

Oh ! rien n'égale son estime.
Elle me le disoit encore ce matin.

ISABELLE.

Il est vrai. Je l'ai dit.

DORISE.

Quel est donc son dessein ! . . . ;

A Hassan.
Voulez-vous épouser & ma Niéce & Fatime ?

HASSAN.

Je veux les rendre heureuses toutes deux.
Fatmé vous m'entendez. Un peu plus de franchise
Vous auroit épargné bien des instans facheux ,
Et m'auroit empêché de faire une sottise.

CLARICE.

Soyez sûr désormais de ma tendre amitié. . . ;

HASSAN.

Aimez-moi l'un & l'autre & tout est oublié.
N'attendons que le vent pour voguer vers la France.
J'assure mon bonheur en vous rendant heureux.

DORISE.

D'Oberval garde le silence ,
Clarice détourne les yeux . . .
De mon amour trop occupée
Tous les deux m'auroient-ils dupée ?

CLARICE.

Vous avez *pris* pour vous ce qu'il ~~prenoit~~ *pensoit* pour moi ?

D'ODERVAL.

J'en agissois de bonne foi
Vous vous êtes seule trompée.

HASSAN *à Dorise.*

De ma raison je vous dois le retour ;
Et je voudrois fort à mon tour.

DORISE.

Je vous entend. J'étois de nous cinq la plus folle ;
J'en conviens ; mais enfin vous vous mariez tous ;
Moi je demeure veuve & ce qui me console :
Je suis dès ce moment bien plus sage que vous.

═══════════════

SCENE DERNIERE.

APOLLON, LA SATIRE, THALIE,
MELPOMENE, LA RENOMME'E, CLIO.

LA SATIRE.

ME voilà, grace au Ciel, à la fin de mon rôle.

APOLLON *à Thalie.*

Etes-vous contente de nous ?

THALIE.

Oui, de tous vos efforts Thalie est satisfaite;

H

Le zéle vous a faits des Acteurs affez bons,
Mais ma Piece?.... Ce point franchement m'inquiete.

        A P O L L O N.

    Raffurez-vous. Le motif qui l'a faite
En couvre les défauts.....

        L A S A T I R E.

           Sans rajeunir le fonds
Qui, pour vous parler vrai, m'a parû miférable.

        A P O L L O N.

           Le ftile en eft affez paffable,
           Et vos bonnes intentions ...

     'L A S A T I R E.

    N'empêchent pas qu'on ne s'ennuye.

        A P O L L O N.

Vous aviez peü de tems ...
        L A S A T I R E.
          Oh ! les belles raifons !
Pour nous faire bailler ....
        T H A L I E *à la Satire.*
          Je n'ai point la folie
D'efperer de vous voir contrainte d'approuver.
Je fçai contre l'ennui que rien ne juftifie.

Sans que votre orgueil s'en défie.

Vos écrits très-souvent ont l'art de le prouver.

On entend un bruit confus de voix & d'instrumens derriere le Théatre.

APOLLON.

Mais quel bruit tout à coup, quel tumulte au Parnasse ?

LA RENOMME'E.
Bruit.

Ce sont les cris d'un peuple heureux.

Dont la foule ici se ramasse.

Il voudroit entrer . . . .

APOLLON,

Ah ! tant mieux.

Qu'il entre, qu'on le laisse faire.

Le cœur dicte sa joye, elle est toujours sincere ;

Ne songeons qu'à nous réjouir.

Ce jour bannit les rangs, le bonheur les égale.

La joye est ici genérale

Tous les Etats doivent se doivent se réunir.

Le succès seul pouvoit justifier ce divertissement ; mais il a été si singulier, les aplaudissemens qu'il a reçû ont été si vifs, si unanimes, si souvent répétés qu'ils me dispensent d'avance de répondre aux critiques qu'on pourroit en faire.

La Ferme s'ouvre, on voit dans l'enfoncement des Treteaux ornés de Lampions représentant le chiffre du Roi. H iij

DIVERTISSEMENT.

PREMIERE ENTRE'E.

Le peuple dans les habits de tous les caractéres qui lui sont propres, distribué par deux, trois, & quatre, Danse & chante, il arrive insensiblement, s'empare du Theatre & se mêle avec les premiers Acteurs.

BRANLE.

ALlons tretous,
Tremoussons nous,
Faisons réjouissance.
Chez nous tout est en gaité,
Dansons la contredanse.
Le Ciel a rendu la santé
A ce bon Roi de France.

Grands & petits
Tous réjouis
Viennent en affluence,
Tout le monde est enchanté
De sa convalescence,
Le Ciel conserve la Santé
De ce bon Roi de France.

Que sert l'esprit?
Tout est bien dit
Quand c'est le cœur qui pense,
Alors sans témérité,
On dit en assurance
Le Ciel conserve la santé
De ce bon Roi de France.

Eh haut les bras
Les Cervelats
Pleuvent en abondance.
Chez nous tout eſt en gaité
Danſons la contre-danſe :
Le Ciel a rendu la ſanté
A ce bon Roi de France.

En tout je n'ons
Qu'un petit fonds
Et fort peu de finance ;
Mais Morgué pour de gaité
J'en aurons abondance
Tant que durera la ſanté
De ce bon Roi de France.

SECONDE ENTRE'E.

Une jeune Payſanne, avec ſon Mari chantent en en-
trant le Branle ſuivant.

LE PAYSAN.

J E n'ons plus de peur
Pour notre bonheur,
Car notre bon Roi
Eſt dru comme moi.

LA PAYSANNE.

Hélas ! que de frayeurs !
Que de vives douleurs !

H iiij

L'ALGÉRIEN.

Il sembloit par nos cris
Que la mort eut pris
Nos peres ou nos fils.

LE PAYSAN,

J'étions tous perdus ;
Mais le mal n'est plus.
Faut s'en souvenir
Pour se réjouir.

LA PAYSANNE,

Ciel! veille sur ses jours,
Pour prolonger leur cours
Rends les nôtres plus courts.
Comble tous ses vœux
Nous serons heureux.

Un pas de deux Pantomimes entre le Paysan
& la Paysanne.

TROISIE'ME ENTRE'E.

Une troupe de Mitrons de Goneſſe, deux Harangeres, &c. entrent en chantant & danſant le Branle ſuivant.

Nous courrons la prétentaine ;
Chantant par le chemin
Soir & matin
Ce beau refrin ,
Juſqu'à perdre haleine
Vive le Roi , vive la Reine ;
Et Monſeigneur le Dauphin.

Je ne ſommes plus en peine
Pour notre Souverain ,
Plus de chagrin,
Grace au deſtin
La peur ſeroit vaine :
Vive le Roi , &c.

C'eſt le plaiſir qui nous mene
Auſſi j'allons bon train.
Verſe du Vin
Verſe ſans fin
Verſe à taſſe pleine :
Vive, &c.

Ah morgué viens ma Claudeine
Buvons de ce bon Vin,

Verfe tout plein
Verfe fans fin,
Quoi tu pers haleine ?
Vive , &c.

Mitrons pour cette femaine
Laiffons brûler le pain.
Viens mon coufin,
Saute voifin
Chante ma Claudeine:
Vive , &c.

Les différens Lazis que la fituation fournit aux Acteurs font interrompus par le Branle fuivant qu'une Haran- gere chante.

Tout le Peuple danfe pendant qu'on chante le Branle, & la danfe n'eft interrompuë que par le refrain qui eft répété par tout le Peuple.

DERNIER BRANLE.

QU'un chacun ici gambade
Faut tous fe boutre en train.
Le bon Roi n'eft plus malade
Je n'ons plus de chagrin,
Gai gai gai
Eh le cœur gai
Haut le pié camarade,
Dieu marci ,
Point de fouci ;
N'y a plus de quoi
Vive le Roi.

Quand je craignions pour la vie
J'étions comme des fous ,
Le bon Vin & l'iau-devie
Avoient perdu leurs goûts ,
    Gai gai gai
    Eh le cœur gai
Buvons , faisons la vie
Dieu marci , &c.

On oublioit la Guinguette,
On pleuroit tout le jour.
La grand Dame & la Grisette
Ne faisoient plus l'amour.
    Gai gai gai ,
    Eh le cœur gai ;
Haut le pied Guillemette,
Dieu Marci , &c.

Le Marquis , l'Apoticaire ;
Messieurs les porteurs d'iaus,
La fille & le Commissaire
Aujourd'hui sont égaux.
    Viens Fanchon ,
    Viens Margoton,
Viens aussi ma commere,
Dieu marci , &c.

Je gagnons journée entiere
Pour rien on est nourris,
Comme l'iau à la riviere.

Le Vin coule à Paris,
   Gai gai gai,
    Et le cœur gai,
Haut lë pied mon compere;
Dieu Marci , &c.

   Du Quai de la Grenouillere
J'ons vu notre Dauphin ,
Puifqu'il a quitté fon Pere
Sa fanté va bon train ,
   Gai gai gai , &

   Lorfque Mefdames partirer:
C'étoit une piquié ,
En paffant all ne nous firent
Pas un brain d'amiquié,
   Au retour
    En grand amour
Bravement all nous dirent
Dieu marci , &c.

   En revenant de la Guerre
Pour montrer fon amour ,
Cheus nous par extrordinaire
Il veut faire un féjour,
   Je verrons
    Quand je vourrons
Ce Prince débonnaire ,
Dieu marci , &c.

J'ons un Mariage à faire
Et nos vœux font remplis.
  Nous allons le voir Grand-Pere
De par Monfieur fon Fils,
  Gai gai gai, &c.

  Pour une fanté fi chere
Tout le peuple joyeux
Vient de recouvrer fon Pere
Dans ce moment heureux,
  Gai gai gai,
  Eh le cœur gai,
Gai Meffieurs du Partere;
  Dieu marci
  Plus de fouci
  Dites avec moi
  Vive le Roi.

Le divertiffement finit par une ronde générale & par le refrain de Vive le Roi.

F I N.

✿❖✿❖✿❖✿❖✿❖✿.✿❖✿❖✿❖✿❖✿❖✿❖✿❖✿❖✿

A P P R O B A T I O N.

J'AI lû par ordre de Monfeigneur le Chancelier, une Comédie qui a pour titre *l'Algerien*, & je crois que l'on en peut permettre l'impreffion Ce 20 Novembre 1744.
  Signé, CREBILLON.

PRIVILEGE DU ROY.

LOUIS, par la grace de Dieu, Roy de France & de Navarre : A nos amez & feaux Conseillers les Gens tenans nos Cours de Parlement, Maîtres des Requêtes ordinaires de notre Hôtel, Grand-Conseil, Prevôt de Paris, Baillifs, Sénéchaux, leurs Lieutenans Civils & autres nos Justiciers qu'il appartiendra : SALUT. Notre bien Amé LAURENT-FRANÇOIS PRAULT, fils, Libraire à Paris, Nous ayant fait remontrer qu'il lui auroit été mis en main un Ouvrage qui a pour titre : *Nouveau Théatre François, ou Recueil des plus nouvelles Pieces représentées à Paris*, qu'il souhaite faire & donner au Public s'il Nous plaisoit lui accorder nos Lettres de Privilege sur ce nécessaires ; offrant pour cet effet de le faire imprimer en bon papier & beaux caracteres suivant la feüille imprimée & attachée pour modéle, sous le contre-scel des présentes. A CES CAUSES, voulant traiter favorablement ledit Exposant, Nous lui avons permis & permettons par ces Présentes, de faire imprimer ledit Ouvrage ci-dessus spécifié, en un ou plusieurs volumes, conjointement ou séparément, & autant de fois que bon lui semblera, de le vendre, faire vendre & débiter par-tout notre Royaume pendant le tems de *neuf* années consécutives, à compter du jour de la date desdites présentes ; Faisons défenses à toutes sortes de personnes, de quelque qualité & condition qu'elles soient, d'en introduire d'impreſſion étrangere dans aucun lieu de notre obéiſſance ; comme auſſi à tous Libraires, Imprimeurs & autres d'imprimer faire imprimer, vendre, faire vendre, débiter, ni contre.. faire ledit Ouvrage ci-deſſus expoſé, en tout ni en partie, ni d'en faire aucun extrait ſous queique prétexte que ce ſoit, d'augmentation, correction, changement de titre ou autrement, ſans la permiſ-ſiom expreſſe & par écrit dudit Expoſant ou à ceux qui auront droit de lui, à peine de confiſcation des Exemplaires contrefaits, de trois mille livres d'amende contre chacun des Contrevenans, dont un tiers à Nous, un tiers à l'Hôtel-Dieu de Paris, l'autre tiers audit Expoſant, & de tous dépens, dommages & intérêts : à la charge que ces préſentes ſeront enregiſtrées tout au long ſur le Regiſtre de la Communauté des Libraires & Imprimeurs de Paris, dans trois mois de la date d'icelles ; que l'impreſſion de cet Ouvrage ſera faite dans notre Royaume & non ailleurs, & que l'Impétrant ſe conformera en tout aux Réglemens de la Librairie, & notamment à celui du 10 Avril 1725. & qu'avant que de l'expoſer en vente, le Manuſcrit ou imprimé qui aura ſervi de copie à l'impreſſion dudit Ouvrage ſera remis dans le même état où l'Approbation y aura été donnée, ès mains de notre très-cher & féal Chevalier le ſieur d'Agueſſeau, Chancelier de France, Commandeur de nos Ordres, & qu'il en ſera enſuite remis deux Exemplaires dans notre Bibliotheque publique, un dans celle de notre Château du Louvre & un dans cel e de notredit très-cher & féal Chevalier le ſieur d'Aguesseau, Chevalier de France, Commandeur de nos Ordres, le tout à peine de nullité des présentes ; du contenu desquelles vous mandons & enjoignons de faire jouir l'exposant ou les ayans-cause, pleinement & paisiblement, sans souffrir qu'il leur soit fait aucun trouble ou empêchement. Voulons que copie desdites Présentes qui sera imprimée tout au long au commencement ou à la fin dudit Ouvrage, soit tenuë pour duëment signifiée, & qu'aux Copies collationnées par l'un de nos amés & feaux Conseillers & Secretaires, foi soit ajoutée comme à l'original : commandons au premier notre Huissier ou Sergent, de faire pour l'exécution d'icelles, tous actes requis & nécessaires, sans demander autre permission, nonobstant clameur de Haro, Chartre Normande & Lettres à ce contraires. Car tel est notre plaisir. Donné à Versailles le vingt-deuxiéme jour du mois d'Août, l'an de grace mil sept cent trente huit, & de notre Regne le vingt-troisiéme. Par le Roy en son Conseil. *Signé*, SAINSON.

Regiſtré ſur le Regiſtre X. de la Chambre Royale des Libraires & Imprimeurs de Paris, N°. 104. fol. 93. conformément aux anciens Reglemens, confirmez par celui du 28 Février 1723. A Paris, le vingt-huit Février 1738.

Signé, LANGLOIS, Syndic.

Baudouin invenit

www.ingramcontent.com/pod-product-compliance
Lightning Source LLC
Chambersburg PA
CBHW060816250626
47162CB00005B/1815